소멸消滅하는 파도波濤

소멸消滅하는 파도波濤

조진태 소설

도화

9편의 작품에 9개의 문단을 뽑아 적어 머리말에 대신한다.

'왜 내가 부질없는 일에 목숨을 걸고 살아왔을까?' 하는 서글 프고 참담한 인생이 쓸개즙보다 더 쓰다는 강박관념으로 스스로 의 마음에 빗장을 지르게 했다. …… 차형주 씨는 간간이 창 너머 로 낮달 걸린 하늘을 멍하니 올려다볼 때가 많았다. 그러면 시 린 눈 매달린 허공엔 아내의 영상만 어른거리며 눈에 밟혀 왔다. ㅡ「소멸하는 파도」 중에서

만춘의 햇살에 꽤나 그을린 당숙의 얼굴은 검붉게 보였지만 연세에 비해 늙고 쇠퇴해진 모습은 아니었다. …… 당숙은 그간 교직을 떠난 후 깊었던 상처에 새살이 돋듯 농군이 되었다. 그는 삶을 가꾸며 남은 생애를 위해 활력을 되찾고 있었기 때문이었을 까? 당숙 곁에서 잡풀을 뽑는 준혁을 향해 당숙이 말했다.

"젊은이는 어떠한 질곡에서도 굽힘이 없어야 참다운 젊은이 야. 그들은 역사를 변형시키기도 하지." ㅡ「당숙」 중에서

나는 한 사건과 더불어 사범학교 송반 시절 첫 담임선생이었던 칸트라는 별명을 가진 김규병 선생을, 그야말로 꿈에도 못 잊는 것이다. 이렇게 말하면 그 문제 된 사건의 주인공인 칸트 선생과 나 사이에 맺어진 사제지간의 끈끈한 정情 때문에 승어사勝於師의 도리를 보이고자 함에 있는 듯 여겨지겠으나, 유감스럽게도 그와 정반대의 이야기를 적나라하게 까발리게 됨도 인제 와서 숨기고 감출 것이 못 되기 때문이다. …… 그러면서 뭔지 모를 비릿함이 나를 역겹게 만들고, 옛 중국의 변방 어느 객줏집 화장실의 수챗구멍에서 나는 시궁창 냄새를 맡는 기분에 역겨움으로 몸서리가 쳐지는 것이다. ─「꿈엔들 잊힐리야」 중에서

　"그래, 인생살이 '화무십일홍'이면서 '낙화유수'다. 자식 있어 뭐 하겠노. 어차피 혼자 왔다가 혼자 가는 몸, 있고 없음 무슨 상관있겠나? 죽어지면 결코 흙 한 줌 남을 걸. …… 모든 것이 세월 저 편으로 사라져버린 타향살이 60년! 김향산은 80 생애의 중반을 넘어선 세월이 무정했다. 일락서산의 황혼 인생, 그저 복사꽃 그림자 같은 꿈만 어린 무정세월 어이하랴. 싶을 뿐이었다." ─「무정세월」 중에서

　피어오르는 물안개는 어찌 보면 아름다운 풍경일 수도 있겠지

만, 크고 작은 사건, 사고들이 안개로 인하여 빈번이 일어난다. 그렇게 일어난 사건, 사고들은 나름대로의 각기 다른 사연들을 간직한 채 짙은 안개 속으로, 혹은 유유히 흐르는 강물과 함께 묻히고 잠겨져 소멸돼 버리기 예사였다.

소영이와 창수 역시 우연히든 필연이든 그들의 삶을 이 안개 속에 묻고 말았다. 한때 가없는 세례(洗禮－몰아치는 비난의 공격)도 가뭇없이 소멸되건만 퇴색된 시간 속에서도 이들의 이야기가 후일담으로 남아 뜬금없이 회자 되면서 지금도 유장하게 흐르는 강물과 짙은 안개 속에서 사라졌다 싶으면 다시 떠돌기도 한다. －「안개 속으로」 중에서

사실 김백만에게 온 행운은 따지고 보면 올 것이 온 것이었지만, 마치 복권을 사서 1등 당첨이 되었거나, 무슨 봉 잡고 노다지를 캔 것처럼 불안하기까지 한 것만도 사실이었다. 사실 그에게 찾아온 행운은 너무나 크고 뜻밖이어서 파랑새처럼 와 앉았다가 날아가 버리지나 않을까 하는 불안감에 싸이기도 했다. －「어떤 유산」 중에서

갑자기 지혜의 입속에는 쓸개즙 보다 더 쓴 액체가 고여져왔다.

아파트의 중간 중쯤에서 내려다보이는 강물에는 윤슬처럼 빛나던 늦가을 햇살이 걷혀지면서 가을비가 뿌려지고 있었다. 그

빛줄기를 타고 무지개가 섰다.

　지혜에겐 지난날의 환희는 온데간데없고 포악스런 고통만이 가슴 가득 밀려들었다. －「창밖의 무지개」 중에서

　"한스 홀저의 『사후의 생명』에는 성전을 인용해 저승에서 인간의 영혼을 세 개로 보고 상념체. 유체. 육체 등으로 이승의 인간은 육체적인 감각을 우선하고 있으나 유체의 세계는 의식과 감정과 프라나(생명소)를 소유한 지극히도 행복한 상념의 세계 속에 산다고 돼 있어요. 정말 그럴까요?"

　석나미 여사가 물었다. "글쎄요? 영혼의 실체여부에 관해서는 찬반론이 비등해서…" －「흔들리는 황혼」 중에서

　옥당 선생은 고개를 들어 하늘을 우러러본다. 그리고 깊은 사색에 잠긴다. 연못 안으로 흘러내리는 개울물소리, 아침나절 풀잎 끝에 반짝이는 윤슬 같은 이슬, 푸른 별빛, 흐르는 구름, 낮에 나온 반달, 스쳐가는 바람, 자기의 가르침을 받고 떠난 제자들 … 그런 것들을 헤아려 보며 어깨 누르는 세월과 동락하며 만년을 전원에 묻혀 산다. －「순간의 선택이…」 중에서

차례

머리말

소멸消滅하는 파도波濤

녹색으로 물이든 공원묘지의 한 자락에서 내려다본 풍경은 꽤나 허허롭다.

그 허허로운 풍경 속으로 종달새 한 마리가 높이 떠서 뱃종거린다. 태양은 언제나 그러했듯 오늘도 어김없이 중천에 떠있다.

세월은 휴식도, 정지도, 풍화나 침식도 없이 언제나 흐르고 있는데, 차형주 씨에게 불면의 밤은 수없이 되풀이되며 사그라들줄을 모른다. 또한 낮이면 꽤나 두꺼운 햇살도 아지랑이를 안고 마냥 출렁거린다.

차형주 씨는 아내의 묘비에 등을 기대고 아스라이 내려다보이는 연자봉의 아래초리 끝자락으로 무심히 시선을 주었다. 활처럼 굽어 돌아간 강줄기가 아련한 운애 속에 잠겨있다. 운애에 묻힌 강줄기를 바라본 차형주 씨에게 문득 걷잡을 수 없고 주체 못 할 우울함이 가슴 깊이 여울져 왔다. 자식들을 기르며 행복했던 시절 주말이면 노을 깃든 강변을 아내와 단둘이 거닐었던 그 강변의 추억이 떠오르며 새삼 가슴을 저민다.

* * *

아들 일곱에 딸 다섯. 한 다스의 자식을 낳아 모두 성가 시키고 보니 어언 세월은 팔십 년이 흘러갔고, 동갑내기였던 차형주 씨 내외가 TV주말 장수무대 프로에 아들딸 며느리 사위 두 다스를 이끌고 무대에 출연했을 때는 알만한 사람들의 부러움을 사기도 했었다. 그랬던 아내 나옥주 여사가 그 장수무대 출연한 영광스러움을 마지막으로 원인을 알 수 없는 병에 시달리다가 그해를 넘기지 못하고 세상을 떴다.

차형주 씨와 자식들이 백방으로 노력해 보았으나 원인 모를 병마로부터 분리시키는 데는 실패하고 말았던 것이다. 아내 나옥주 여사는 미모가 후덕했고 십 년은 아래로 보일 만큼 건강해 보였지만, 입원한 606호 병실 창 너머로 보이는 송전탑의 빨간 불빛이, 짙은 담홍색 저녁노을과 함께 비쳐올 때쯤 해서 서둘러 이승을 하직했다.

차형주 씨에게는 아내 나옥주 여사와의 사별이 아득한 고통의 시간으로 다가왔다. 그 고통의 분량은 날이 갈수록 줄어드는 것이 아니라 보태지고 부풀어졌다. 아내의 주검에 대해 백 년 해로를 해도 좋겠지만, 그래도 팔십을 살았으면 살 만큼 살았으니 그다지 애통해만 할 것 아니니 마음 다그쳐 먹고 힘내라는 친구들의 하기 쉬운 위로의 말도 귓전으로 스쳐 보냈을 뿐이었다. 차형주 씨는 한동안 아내와의 사별로 심한 상실중에서 벗어나지 못했다.

'왜 내가 부질없는 일에 목숨을 걸고 살아왔을까?' 하는 서글프고 참담한 인생이 쓸개즙보다 더 쓰다는 강박관념으로 스스로의 마음에 빗장을 지르게 했다.

혼자가 된 차형주 씨를 자식들이 서로 다투어 모시겠다고 했지만 그는 아내와 단둘이 살던 궁전 같은 빌라에서 도우미 여사의 시중을 받으며 혼자 기거를 고집했다. 차형주 씨는 간간이 창 너머로 낮달 걸린 하늘을 멍하니 올려다볼 때가 많았다. 그러면 시린 눈 매달린 허공엔 아내의 영상만 어른거리며 눈에 밟혀 왔다.

아내는 하얀 행복의 미소로 한 조각 흰구름과 더불어 다가오곤 했다.

차형주 씨는 한동안 그렇게 마음 앓이를 하다가 고독과 외로움을 가라앉히고 이전의 모습으로 사업에 몰두했다.

그렇게 시간은 흘러 사별 후 오늘로 8년째다. 향년 88세로 미수의 나이가 되었지만 숫자가 가리키는 그대로 팔팔(88)한 삶이었다.

혼자된 아버지를 위해 어머니를 여읜 직후부터 현재까지 슬하의 7형제와 5자매가 서로 다투어 차형주 씨를 모시려 하는 데는 효자 효녀라서가 아니라 일생을 한결같이 성실한 사업가로 재산을 모은 아버지의 재산 때문이라고 차형주 씨는 여겼다. 자동차의 부품 생산과 몇 개의 물류센터, 그리고 컴퓨터의 백신 개발로 불황 없는 사업을 벌여온 차형주 씨의 재산은 재벌이랄 수는 없지만 개인 재산으로 일천억은 넘을 것이라는 추산으로 본다면 부자라는 소리는 들을 만했다.

그랬음에도 자식들을 고등교육을 시켜 석·박사 학위까지 취득토록 했을지언정 진작 재산은 각기 집 한 채 정도 마련해 줬을 뿐이었다. 직장도 자기가 경영하는 회사에는 단 한 명도 들이지 않았다. 그래서 열두 남매는 각기 나름대로 직장을 마련하여 아버지 그늘을 벗어나 고만고만한 생활을 영위해가는 처지였지만 고령에 접어든 아버지는 언제, 어떤 상황이 벌어질지 몰라 자식들은 아버지 소유의 그 막대한 재산에 관해 초미의 관심사일 거라 여겼다. 그럼에도 차형주 씨는 그런 자식들의 마음을 전연 외면한 채 사업에 몰두해 왔다. 재혼도 하지 않고.

그랬는데, 사흘 전 차형주 씨는 생신 88주년을 맞이해 느닷없이 가족 소집을 했다. 사위, 며느리를 합쳐 스물네 명의 가족들은 한 명도 빠짐없이 다 모였다.

공원묘지에 안장된 아내의 묘와 연자봉 허리가 연이은 산천의 풍경이 한눈에 들어오는 둔내강 강변의 한수호텔 스카이라운지에서 점심 식사 겸 가족회의를 가졌다.

평소 청명, 한식일이나 아내 기일, 자신의 생일 때이면 종종 이 호텔에서 만찬회를 갖는 경우가 많아 이날도 모두가 그런 모임이려니 여겨 모인 자식들이다. 그런데 만찬이 시작되기 직전 차형주 씨는 인쇄된 A4 용지를 모두에게 한 장씩 돌렸다.

인쇄물을 받아든 자식들은 인쇄된 글자 하나하나를 다 읽고도 눈알만 굴리며 숨을 죽였다. 그리고 아버지 차형주 씨를 주시했다.

드디어 차형주 씨가 입을 열었다.

"내 나이 올해로 88세니 아무리 건강하다 하나 얼마나 살지 예측이 불허다. 그저 인명이 재천이니 오래 살고 안 살고는 하늘에 맡길 뿐이다. 그동안 너희들 어머니와 사별한 후 혼자 된 나를 위해 모두들 관심과 염려를 해줘서 고맙게 여긴다. 너희들에게 나누어 준 인쇄물에서 밝힌 대로 내가 소유한 재산을 나름대로 공평하게 분배해서 증여를 한다. 회사의 고문 변호사를 통해서 모든 절차를 다 밟았고 증여세도 납부했다. 혹시 불만이 있더라도 이해하기 바라며 하고 싶은 말이 있다면 해도 좋다."

그때 장남이 말했다.

"아버지, 막내가 빠졌네요. 인쇄가 잘못됐나 봐요."

정작 당사자인 막내 석이는 자기 이름이 없어도 아무런 말이 없었다.

"빠진 게 아니라 뺐다. 석이는 나의 재산이 필요 없어. 너희들은 잘 모르고 있는 모양인데 경영 능력이 탁월해 이미 수백억 원의 재산가가 됐어. 앞으로 재계에 한몫을 하게 될 인물이야."

"그래도, 서운하게 여기지 않겠어요?"

그때 석이 손을 살래살래 흔들며 말했다.

"형, 걱정하지 말아요. 조금도 서운함을 갖지 않으니까."

막내 석의 마음은 진심이었다. 차형주 씨가 아내를 잃고 상실 중으로 마음 앓이를 하고 있을 때 석은 그 바쁜 와중에도 사흘이 멀다 하고 아버지를 찾아뵈었다. 오래 머물지는 못했어도 그의 효심은 대단했다.

차형주 씨는 간혹 석이를 빼고 열 한 명의 자녀들에게 전화를 했다. 혼자 있어 적적함을 느끼거나 병원을 다녀와야 할 때 순서 없이 무작위로 아들과 딸들을 불렀다. 그럴 때마다 촌각도 지체 없이 달려와 주고는 했다. 아비로서 자식들에 대한 관심사를 떠보기 위한 것이었다.

자식들은 부르는 대로 달려와 주었고 정성을 다해 주었다.

차형주 씨는 그럴 때마다 흐뭇한 마음을 금치 못했다. 세상에는 재산 가진 아버지를 둘러싸고 부자간의 갈등과 형제간의 다툼은 다반사로 여기는 세태에서 자기는 어느 누구보다도 만족해하고 있었다.

그렇게 해서 8년의 세월이 흐른, 미수의 나이에 재산 분배를 해 준 것이었다.

교수로 있는 장남에게는 공덕동 로터리에 있는 5층 건물 학원 빌딩을, 대기업 부장으로 있는 차남에게는 동탄 지구 상가 점포 스물다섯 개를, 광업 연구소의 선임연구원으로 있는 삼남에게는 고속버스터미널 근처의 주유소를, 신약 개발과 의약품 연구소에 근무하는 4남에게는 제일물류센터의 주식 15%를, 첫째 딸에게는 수서지구 택지개발 구역의 땅 3천 평 등등을… 이렇게 재산 분배를 자식들에게 해 주고 나니 차형주 씨는 마음이 한결 가벼웠다.

* * *

차형주 씨는 주말을 맞아 모처럼 아내의 묘소를 찾았다. 묘 앞에 엎드린 차형주 씨는 아내 나옥주 여사에게 사흘 전에 재산 분배를 해 준 사실을 하나하나 고했다. 아내의 융단만큼이나 포근하고 부드러운 미소가 가까운 언덕에 휘늘어진 찔레꽃 향기를 데불고 차형주 씨의 얼굴을 덮쳐 왔다. 그는 다시 일어섰다. 아내의 묘비에 등을 기댔다.

종달새는 아직도 날갯짓을 멈추지 않고 공중에 높이 날며 뱃종거린다.

주변엔 온통 초록빛으로 칠갑이 됐는데 그 초록빛 사이로 햇살은 봄 아지랑이를 데불고 연신 쏟아져 내리고 있다.

차형주 씨는 기대고 섰던 묘비에서 돌아섰다. 묘비를 어루만져 본다.

아내의 모습이 실루엣으로 눈앞에 어려 왔다.

남편을 내조하며 그 많은 자식들을 키우고 가정과 살림을 일구며 세상을 휘어잡고 살던 그녀의 기상이 선연하다. 마치 어둠이 농익을수록 전등불이 밝아지듯 시간이 그렇게 흘렀건만 아내의 잔영은 그렇게 뚜렷했다. 그럴 때마다 차형주 씨에겐 사소하면서도 하찮은 일상의 조각들이 파편처럼 자신의 삶에서 파열돼 흩어져감을 느낀다.

사르르 봄바람이 진녹색 푸르른 냄새를 섞어 코앞을 스쳐 간다. 쏟아지는 햇살이나, 출렁이는 아지랑이, 그리고 바람마저도 십 년전이나 백 년전이나 흐르는 세월처럼 언제나 똑같이 그렇게 흐르고 지나갔다.

십 년전 아내를 묻어 두고 사방을 둘러보았던 그때의 청산이나 묘원 역시 언제나 그대로이다.

그런데 차형주 씨에게 갑자기 어떤 폭풍 같은 것이 자기 몸을 휘감아오며 차디찬 동토 지대의 허허로운 벌판에 내동댕이쳐지는 공포와 외로움과 고독이 몰려 왔다.

그와 동시에 그는 갑자기 혼자라는 생각과 더불어 외로움이 파도처럼 음습해 왔다.

그때 그의 청각을 흔드는 음성이 있었다.

"자형이 먼저 와 계셨네요?"

뜻밖에도 처남 나승주의 목소리였다.

"자네가! 오래간만일세."

"네, 자형도 오셨군요. 오늘이 누님의 기일이라 여기를 다녀서 자형댁으로 가려고 했지요."

차형주 씨는 처남의 손을 움켜쥐며 말했다.

"잘 왔네. 고맙군. 고마워."

나승주가 가져온 제주를 잔에 부어 안주와 함께 상석판에 차려 놓자 나승주는 절을 두 번 했다. 따른 술잔을 뭇봉에 뿌리고 둘은 마주 앉았다.

남은 술로 서로 건배하며 술잔을 기울였다.

나이야 승주가 오륙 세 아래였지만 처남 간은 유별나게 잘 지내는 편이다.

승주가 몇 순배 잔을 비우더니 자형 차형주 씨를 향해 말했다.

"언뜻 바람결로 들었습니다만 자식들에게 재산 분배를 해줬다면서요?"

"응, 그랬지."

"혹시나 잘못하신 건 아닌지 해서요."

"잘못하다니?"

"저 경우와는 다르겠지만, 나 같이 있는 재산 자식에게 물려주고 나니 어디 부모 걱정하던가요. 언제 재산 물려줬냐 싶게 내 몰라라 하니 개밥에 도토리 신세라 얼마나 후회막심한지. 살다가도 내 원, 참."

"자넨 잘 못 생각했네. 자식들의 생계가 어려우면 도와주는 건 당연지사지만, 그렇잖은 데도 있는 재산 넘겨 주고 나면 부모 대접도 못 받는다는 걸 왜 진작 몰랐지. 부모 대접받으려면 재산도 지닐 만큼은 지녀야 되는 것이 오늘날의 현실이 아니겠나."

"그런데 자형도 백세 시대라 앞으로 장장한 세월을 누릴 수도 있겠거니 아무리 자형 몫이야 지녔다손 치더라도 물려받을 것은 다 받은 자식들이 아버지 모시는 정성 전처럼 위하고 받들지가 의문이네요. 화장실에 갈 때와 올 때가 다르듯이."

"그 점은 염려 말게. 나름대로의 방책은 강구해 뒀으니까."

"그래요? 어떤 방법을 강구해 두셨는지 궁금하네요."

두 사람의 대화는 여기서 끝났고 남은 술을 모두 따라 마신 후 일어섰다.

어느 사이 병풍처럼 치솟아 두른 산줄기 위로 황홀한 일몰의 낙조가 두 사람의 눈에 젖어 들었다.

얼굴을 스쳐 가는 바람을 안고 나옥주 여사의 묘소를 뒤로 한 두 사람은 발걸음을 재촉했다.

* * *

　차형주 씨가 십이 남매에게 재산 분배를 해준 지 칠팔 개월이 지난 것 같다,

　진록색 녹음 냄새와 더불어 꽃잎 낭자히 흐르든 늦봄이 엊그제 같은데 풍성한 낙엽이 정원 뜰에 쌓이는 계절이 와 있었다.

　지금 막 회사에서 돌아온 차형주 씨는 샤워를 끝내고 가벼운 옷차림으로 소파에 앉았다. 도우미 아주머니가 갖다 주는 평소 즐겨 마시는 홍삼차를 들며 꽤나 넓은 정원을 내다보고 있었다.

　노랗게 단풍이 든 모과나무 잎사귀가 지나가는 바람결에 날려 흐른다.

　창문 너머로는 저녁노을 짙게 빗긴 하늘이 보인다. 남색 하늘이 꽤 높아 보인다.

　차형주 씨에게는 이런 시간이면 단 한 번의 미움이나 원망도 없이 같이 살다 소리 없이 떠나버린 아내 나옥주 여사의 모습이 떠올려지곤 한다.

　동시에 고적감과 외로움이 번져온다.

　맛을 모르고 그저 차를 마신다.

　문득 처남 나승주의 말이 떠올랐다.

　"사람의 마음이란 너, 나 없이 화장실에 갈 때와 올 때가 다르거던요."

그러고 보니 예나 다름없이 자주 찾아오는 막내인 석을 제외하고는 모두가 예전과 다르게 발걸음들이 뜸했구나 싶다.

차형주 씨는 생각히는 대로 전화를 걸었다. 삼남인 홍이다.

"네, 아버지!"

"그래, 나다. 별일 없냐?"

"네, 아버지."

"그럼, 오늘 밤은 내 집에 와서 한밤 자고 가거라."

"무슨 특별한 일이라도 있나요?"

"무슨 일이 있긴. 그저 왔다 가라는 거지."

"그럼, 오늘은 그렇고 내일 저녁에 들를게요."

"…? 알았다."

다시 핸드폰의 번호를 눌렀다. 이번에는 서초동에 사는 장남 욱에게 전화를 건 것이다. 신호음이 여러 번 갔을 때야 며느리가 받았다.

"네, 아버님 안녕하세요?"

"응, 잘 있다. 애비는 집에 없냐?"

"잠시만요. 바꿔 드리겠습니다."

잠시가 아니라 꽤 오래 기다리고서야 장남 욱이 받았다.

"예, 아버지 저예요. 웬일이세요?"

"그저 전화했다. 안 바쁘면 한번 들르라고."

"아, 그려서요? 그럼 시간 봐서 들를게요. 제가 요즈음 하는 일도 그렇고, 처 역시 애들 진학 문제로 틈이 잘 안나요."

"그래, 다들 바쁘겠군. 됐다. 그만 들어가거라."

차형주 씨는 씁쓸한 기분으로 귀에 댔던 폰을 힘없이 내리며 창밖을 내다보았다.

장남이라면 전처럼 말이 떨어지기가 무섭게 달려오리라 여겼는데 의외였다.

그사이 두껍게 덮인 어둠 속에 서울 시가지의 불빛이 휘황했다.

그는 갑자기 가슴으로 화끈거리는 따가움을 느꼈다. 얼굴에서는 식은땀이 끈적거렸다.

손수건으로 얼굴을 훔치다가 다시 핸드폰을 들었다. 아무래도 딸이 아들보다 낫다는 친구들의 흔히 하던 말이 기억나서였다.

큰딸 아정에게 전화를 걸었다. 딸도 마찬가지였다. 꽤나 긴 이야기를 했지만 요약하면 자주 못 들린다는 변명뿐이었다.

"하—" 하는 소리가 절로 뱉어지며 갑자기 어떤 배신감에서 오는 분노와 허무함이 전신을 휘감아오며 깊은 나락으로 함몰되는 듯했다.

차형주 씨는 온몸에서 힘이 빠져나가며 들고 있던 핸드폰이 절로 떨어졌다.

정신이 자꾸만 몽롱해지며 황야의 한가운데 혼자 서 있는 기분이었다.

아무리 세상이 달라졌다 하나 인류마저 단절돼 버리는 세상은 있을 수 없다는 생각에 "하—"하는 의성어만 입에서 절로 토해졌다.

그는 한평생을 맨몸으로 십이 남매를 위해 재산을 모으고 그들을 먹이고, 입히고, 기르고, 가르치며 살아왔다. 거기다 인생 말년에는 적지 않은 재산을 분배해 줬다. 그런데 이게 뭔가!

차형주 씨는 조용히 침대에 가 누웠다. 하지만 만 가지 생각이 그의 머리를 어지럽히며 도통 잠이 오지 않았다. 책을 펼쳐보고, TV를 켜 보았지만 눈에 들어오는 것이 없었다.

비몽사몽으로 밤을 샌 그는 아침 식사를 하는 둥 마는 둥 회사로 나갔다. 각 부서장들이 올린 결재 서류를 살핀 후 결재를 모두 끝냈을 때에야 시장기가 느껴졌다. 시계를 보니 점심때가 다가오고 있었다.

반세기를 고문 변호사로 모시고 흉허물없이 교분해 온 장준호 변호사를 불러내 회사 근처에 있는 식당 호산나에서 마주 앉았다.

장 변호사를 대하고 보니 자식들에게 분배한 재산을 공증까지 해둔 것이 부끄러웠다.

'이 분배된 재산은 증여자의 생전, 사후를 막론하고 승인 없이는 어떤 권리 행사도 못 한다'고 명시를 해서 장 변호사에게 의뢰해 공증을 받아 둔 사실 때문이었다.

차형주 씨는 어제 있었던 자식들에 대한 이야기를 숨김없이 털어놨다.

"부모가 자식들에게 물려주는 재산을 아깝게 생각해서가 아니라 부모에 대한 은공을 모른다는 점이지요. 으레 받을 줄만 알고 섬겨야 하는 도리는 잊고 있다는 사실이 애비로서는 서글프다는 생각이 들거든요. 아무튼 장 변호사께서 알고 계시다시피 자식인데도 불구하고 공증까지 해둔 것이 지나치지 않았나 해서 부끄럽습니다."

"아닙니다. 자녀들에 대한 경각심과 교육을 위해서도 오히려 잘한 일이죠. 그렇게 해둠으로써 일시적으로는 아버지께 불만과 서운함을 가질지 모르나 두고 보면 자식들도 깨달음이 있게 될 것입니다. 아버지께 소홀하게 하면 재산을 물려받지 못한다는 세속적인 타산보다는 부모에 대한 도리라는 점을 깨닫게 되는 날이 오게 되겠지요. 차 회장 집안의 전통적 가풍을 미루어 봐서도 그럴 겁니다. 너무 서운해하지 마세요."

"그럴까요?"

"막돼먹은 집안의 자식들이면 하찮은 재산 몇 푼 가지고도 피 터지게 싸우는 경우가 허다하지만, 차 회장의 자녀들은 그렇지 않을 것입니다."

"좋게 평가해 주서서 고맙기는 한데…"

그쯤 해서 두 사람은 일어나 뷔페 음식을 가져다 식사를 하기 시작했다.

두 사람은 특별한 일이 없어도 자주 들러 식사를 같이하는 음식점 호산나는 분위기가 정숙해서 좋기도 하지만 음식이 깔끔하고 노인네들이 즐겨 먹을 수 있도록 부드럽게 만든 음식은 나이 많은 분들에게 인기가 있었다. 거기다 무엇보다는 두 사람이 식당 호산나를 자주 들르는 이유가 주인 명 사장의 가족들이 화목하게 지낸다는 소문 때문이다. 한 달에 한 번씩 갖는 '보름회'란 가족 모임을 가져 부모를 모시고 화목단결로 행복한 삶을 누려간다는 말을 들었기 때문이다. 핵가족 시대에 보기 드문 가족이었다.

　값은 약간 비싼 편이나 다양한 요리에 정서적 분위기를 자아내는 실내 장식 또한 아늑해서 점잖고 품위 있는 고객들이 많았다. 자리를 꽉 메운 식당 호산나는 조용조용한 목소리들로 환담하며 즐거운 식사를 하는 분위기가 오늘따라 더욱 좋았다.

　장 변호사가 식사를 하면서 말했다.

　"차 회장께서도 가족회를 자주 열어 화목한 분위기를 조성해간다면 명 사장 부럽지 않으리라 여겨지거든요."

　"고맙습니다. 명심하지요."

　"그런데 명 사장이나 차 회장님과는 좀 다른 얘기지만, 나와 절친하게 지내던 한 분으로 얼마 전에 돌아가셨죠. 그도 꽤나 많은 재산을 가졌댔어요. 서울 근교에 여러 개의 별장과 강남의 테헤란로를 중심으로 많은 부동산을 소유했지만 구십 세를 못 넘기고 타계했어요."

"그 많은 재산은 생전에 어떻게 처리했던가요?"

"5남매의 자녀가 있었는데 살 만큼씩은 재산을 나눠줬지만, 늘 불만으로 부모와 자식 간에 갈등이 많았지요. 말년에는 노환으로 눕게 되자 돌보기는커녕 아내마저 별거를 선언했던 거예요."

"하!— 저런?"

"평소에 잘 아는 간호사가 있었는데 그들 내외를 데려와 한집에 기거하게 하여 보살핌을 받았지요. 물론 이들 내외에게는 집도 따로 마련해 주고 생활비도 다 대 주었답니다."

"마누라나 자식보다 나았겠군요."

"그랬나 봐요. 하지만 몇 해 더 못살고 갔어요."

"그 많은 재산은 어떻게 하고요?"

"그게 궁금하시지요?"

"물론입니다."

"와병에도 들여다보지 않던 자식과 아내가 사망했다는 소식을 듣기 무섭게 모여든 거죠. 그리고는 장례 문제는 고사하고 재산 상속부터 챙기느라 모두 혈안이 돼 집안의 금고는 물론 등기소, 은행 할 것 없이 이 잡듯이 뒤져본 결과 금고에 장례 비용으로 현금 몇억 원과 '효선양회孝宣揚會'란 단체에 모든 재산을 무상증여로 기부했다는 증서만 남아 있었더랍니다."

이야기를 듣고 있던 차형주 씨는 충격을 받았을 때마다 버릇처럼 내는 "하!" 하는 의성어를 토해냈다.

차형주 씨는 꽤 오랜 시간을 장 변호사와 이야기를 나눈 뒤 회사로 돌아왔다. 50층 건물의 중간에 있는 두 층의 전용 사무실에 열심히 근무를 하고 있는 직원들의 모습을 둘러 본 후 회장실로 돌아왔다.

비서인 여직원이 차를 갖다 놓고 걸려온 전화번호가 적힌 메모지를 전하며 "오후에는 별다른 스케줄은 없다고 실장님이 말씀하셨습니다." 하고 짧게 보고했다.

"알았소. 나가 봐요."

차 회장은 딸 같은 젊은 여비서에게도 존댓말을 항상 썼다.

차 회장은 여비서가 나간 뒤 틈틈이 읽던 '한국전래가족사'를 펼쳐 장시간 읽다가 직원들의 퇴근 시간이 되기 전 한남동 자택으로 돌아왔다.

* * *

또 한 해가 지나고 봄과 여름의 갈림 길목에는 녹음 냄새가 나무 그늘이 내린 곳마다 녹아내리고 있었다. 꽃잎 진 동백섬에도 잎사귀만 반짝거리며 초여름의 빛깔을 쏟고 있었다.

"철썩 – 추르르 –"

덕석말이를 한 하얀 파도가 해운대의 백사장을 한 번 핥고는 사라진다.

연신 잔잔한 물결을 이루며 높고 낮은 파도는 끊임없이 밀려왔다가 백사장에서 사라지기도 하고 동백섬 밑자락 암석에 부딪혀서 포말만 잔뜩 일으키고 사그라진다.

태양이 서쪽 수평선에 가까이 있다.

황금빛 낙조가 깔린 바다 위로는 갈매기 떼가 군무를 한다.

바다 위는 빨강, 주황, 보라색 등이 어우러지며 마치 패션쇼를 하듯 현란하다.

차형주 씨는 주말이면 늘 들르는 막내아들 석을 동반해 부산 해운대를 찾았다. J호텔에 여장을 풀고 백사장에 나와 석과 함께 걸었다.

작은 파도가 밀려와 발목을 적셨다. 조금 더 큰 파도는 물방울을 튀겨 옷을 적시기도 했다.

차형주 씨는 막내아들 석이와 함께 백사장을 한참 걷다가 하얀 모래 언덕 가까이에 이르러 석에게 말했다.

"여기 좀 쉬었다 가자."

"네, 그러세요."

차형주 씨는 모래 언덕에 비스듬히 기대며 다리를 쭉 뻗고 누웠다.

손깍지를 해 팔베개를 했다. 황금빛 저녁노을이 깔린 바다 위로 여객선이 뱃고동을 울리며 지나간다.

차형주 씨는 활처럼 굽은 현해탄 위의 수평선을 바라보다가 지그시 눈을 감았다.

'우우―철썩! 추르르…' 하는 파도 소리가 연신 들리면서 귀가 먹먹해 온다.

그러면서 일본 전후문학 작품인 「파도」의 주인공 고스께가 생각났다.

그는 고스께가 아들 스스무짱에게 한 것처럼 아들 석이를 불렀다.

"석아, 내 다리를 모래로 덮어 주겠니?"

"네, 그렇게 해 드리지요."

석은 하얀 모래를 두 손바닥으로 움켜서 아버지의 다리 위에 자꾸 쏟았다. 모래는 석의 손바닥에 따뜻한 온기를 전해줬다. 아버지의 체온처럼. 석이가 덮는 모래는 아버지의 허리띠까지 차올랐다.

"이제 됐구나. 그만둬라!"

"네, 아버지."

아버지는 눈을 감은 채 석을 향해 고개만 돌려서 말했다.

"너도 내 옆에 누워보아라!"

석도 아버지 곁에 나란히 누웠다.

부자는 한참 동안 말이 없다가 아버지가 조용히 말했다.

"내가 너희들에게 분배한 재산을 공중해 뒀다가 모두 해제했는데 다들 어떻게 생각하던?"

"그− 그거요. 아버지께서 잠시 서운해하셨다가 마음을 푸신 것처럼 형, 누나 모두가 크게 반성하고 있어요. 부모 재산 탐내지 않은 이가 있겠습니까 만, 그것을 넘어 아버지에 대한 섬김의 정신은 남들과 다를 거예요. 우리 가문의 전통이 있고 아버지가 우리들에게 보여 주신 삶이 있잖아요. 아버지의 여생을 누구보다도 행복하시게 모실 겁니다."

"이 애비도 이젠 늙었나 보군. 이기주의자가 된 것을 보니."

"아니에요. 아버지!"

차형주 씨가 갑자기 벌떡 일어나 앉는다. 석도 일어나 앉으며 아버지를 뚫어져라 쳐다본다.

서로 눈길이 마주쳤다. 아버지의 눈가에 촉촉함이 이내 이슬방울로 맺혔다. 아들의 눈에도 같은 현상이 일어났다. 잠시 침묵에 잠겼다. 아버지가 고개를 돌린다. 아들 석도 고개를 돌렸다.

이윽고 두 사람은 모래를 털고 일어섰다. 서로가 눈 끝으로 떨어지는 눈물방울은 보이지 않았다.

벌써 수평선에 발그란 햇덩이가 걸려있다.

"들어가자꾸나!"

"네, 아버지."

투숙할 J비취호텔을 향해 모래톱을 걷기 시작했다. 마주 보이는 방파제에 파도가 부딪치며 여전히 포말만 이루고 사라져버린

다.

호텔로 돌아온 두 사람은 커피 한 잔씩을 앞에 두고 창 너머 바다를 보고 있었다.

아버지가 먼저 말했다.

"파도가 쉴 새 없이 치는구나. 천 년이고 만 년이고 그렇게 쳐 왔것만, 앞으로도 쉬지 않고 저러겠지. 노도는 굽 높게 칠 것이고, 잔잔한 파도는 그 나름대로 부딪치되 소멸되기는 마찬가지일 거야. 가슴 할퀴는 소리, 아우성만 있는 외침, 독 묻은 언어, 상처받은 사랑, 금이 간 정, 그 어느 것 하나도 남김없이 저 철썩이는 파도 속에 던져 버릴 수만 있다면. 그래서 소멸되는 파도처럼 흔적도 없게."

"그동안 우리들 모르게 맘 상하신 적이 많으셨나 봐요. 용서하세요. 저희들 모두 맘 비우고 화목한 집안 되게 노력할 거에요."

"만사가 지나고 보니 부끄러움만 남는구나."

그날 밤 차형주 씨와 아들 석은 호텔의 같은 방 침대에서 모처럼 잠자리를 같이했다.

새록새록 숨소리까지 내며 둘 다 깊은 잠에 빠졌다.

* * *

다음 날 해 질 녘에야 급행열차 KTX를 타고 서울역에 도착했을 때 장남 욱이 승용차를 대기하고 있었다.

"어찌 알고 마중을 나왔느냐?"

"석이의 전화를 받았죠."

"그랬구나."

욱이 모는 승용차가 미끄러지듯 서울역을 빠져나와 한남동 차형주 씨의 자택에 도착하자 아들, 딸, 며느리, 손자들까지 아버지!, 할아버지!를 부르며 우루루 몰려들며 에워쌌다.

"아니! 무슨 일로 다들 모였지?"

"아버님 모시고 만찬을 하려고요."

큰며느리가 두 손을 모아 펴며 잔디밭 정원을 가리켰다. 테이블마다 차려진 음식들이 보였다.

영문을 모른 차형주 씨는 딸과 며느리들의 안내로 상좌에 앉았다. 정원에는 벌써 어둠이 가볍게 덮어 온다. 차형주 씨 바로 앞에는 커다란 케이크에 촛불이 켜있었다.

딸과 며느리 한 뭇이 곁으로 다가가 미리 마련해 둔 상석으로 모셨다.

"오늘이 아버님 89주년 생신이잖아요."

"그렇구나. 바로 오늘이구나."

"촛불을 꺼 주세요."

차형주 씨가 입을 모아 촛불을 끄고 아들들과 함께 케이크를 자르는 동안 다 함께 부르는 생일 축가가 울려 퍼졌다. 그때였다.

갑자기 정원에 깔린 묵직한 어둠을 일시에 밀어 젖히고 그 넓은 정원의 만찬장을 환하게 만들었다. 각본에 따라 손자 녀석이 외등을 켰기 때문이다.

"와—! 할아버지 만세! 아버님 생신을 축하해요!"

박수 또 박수가 이어졌다. 그 박수 소리 속에 예고도 소식도 없이 아내 나옥주의 영상이 실루엣으로 다가와 차형주 씨의 귓전에다 속삭였다.

'자손들의 축복 받으며 오래오래 사세요!'

차형주 씨는 새삼스럽게 나이와 상관없이 생명의 기운이 온몸에 번져옴을 느꼈다.

당숙堂叔

보랏빛 하늘이 바닷물 색을 띠기 시작하자 스물거리는 아지랑이가 햇빛에 흔들리고 있다. 온통 녹색이 밭 언덕 산자락마다 질편하다. 오월도 중순을 접어들면서 햇볕은 점점 두꺼워지더니 밤마다 내리는 아침 이슬이 햇빛에 하늘거리는 아지랑이와 함께 그 영롱함이 더해간다.

오월 훈풍이 가끔가끔 초여름을 재촉이라도 하듯 일꾼들의 이마를 스쳐 가자 어느덧 봄이 다가서는 초여름에 한 발짝 물러설 무렵 산자락 밭 언덕마다 찔레꽃이 흐드러지게 피기 시작한다

준혁은 채마밭에서 괭이질을 하다 말고 그 흐드러지게 핀 찔레꽃을 새삼 올려다본다. 그리고는 이마에 맺힌 땀방울을 손등으로 쓰윽하니 훔치며 말했다.

"허허, 그놈의 찔레꽃 흐드러지게도 피었군!"

때마침 아내도 바랭이를 매느라 호미질을 하다가 뜬금없이 하는 찔레꽃이란 소리에 같은 쪽으로 시선을 모아 보냈다.

그곳엔 정말 눈이 부실 만큼 하얗게 핀 찔레꽃이 지천으로 피어 있었다.

"어머나, 엔간히도 탐스럽네."

아내 미령이 찔레꽃을 새삼 떠올리고 있을 때 준혁 역시 생각은 아득한 기억 속으로 거슬러 오르고 있었다.

* * *

준혁의 아버지 정인수 씨는 국가 비상대책 상임위원에서 5공이 자리 잡기 시작하면서 국회재무분과위원장이 되어 있었다. 그러나 H대학교의 총학생회 회장이던 준혁은 군사독재에 항거하며 민주화 운동으로 매일 데모에 앞장섰다.

그는 어느 날 데모의 주동자로 현상 수배되었고 날마다 쫓기는 몸으로 피신을 다녔다. 아무리 설득을 해도 듣지 않았던 준혁 때문에 5공의 권력 핵심에 있던 아버지 정인수 씨마저 권좌에서 물러났다.

그 무렵 정보계 형사들은 학원 내까지도 마구 진입해 데모 주동자를 색출하는데 혈안이 돼 있었다.

날이 갈수록 민심은 5공정권으로부터 이완되기 시작하고 학생들의 데모는 과격해져서 폭력 양상을 띠며 화염병과 최루탄으로 밤이 새고 날이 저물기 일쑤였다. 이 지경에 이를 무렵 정보계 형사들은 고위층의 특별 지시에 따라 데모 주동자인 준혁을 체포하기 위해 점점 거리를 좁혀오고 있었다. 준혁은 할 수 없이 교회나 성당으로 전전하다가 결국은 시골 깊숙이 잠적할 수밖에 없었다.

준혁은 당숙이 사는 충청도에서도 오지인 음성 땅, 거기서도 한참 들어가야 하는 감우재 고개 너머 호방터로 들어갔다. 당숙은 일찍이 교직을 물러나 이 산간 오지인 호방터에서 농사를 짓고 있었다. 그는 세상과 담을 쌓고 인생의 고단한 짐을 이곳 초야에 내려놓고 흙과 더불어 살아가고 있었다. 그도 고등학교 교장 시절 학생들의 데모를 사전 막지 못했다는 이유로 직위 해제되었고 얼마 안 가서 사직서를 던지고 시골로 은둔해 온 처지라 준혁이 찾아갔을 때 내심 반기면서도 조심해서 맞아 주었다.

"잘 왔다. 천둥 번개 일고 먹구름 끼던 여름이 있으면 반드시 맑은 하늘에 별이 뜨고 소슬바람에 이삭 여무는 가을이 오는 법이다. 이곳에서 지내기란 여간 힘들지 않을 테지만 견뎌 보거라. 많이 웅크려서 멀리 뛰는 개구리를 보지 않았느냐? 이 세상 또한 그리 오래 가던 못할 겨. 당분간 흙냄새 맡아 보는 것도 나쁘지 않을 터이고⋯⋯."

당숙은 흙 묻은 손을 내밀어 준혁의 손마디가 저릴 만큼 꼭 잡아 주었다.

저녁녘의 햇살이 당숙의 주름진 이마를 어루만지듯 빗겨나갈 때 긴 세월 동안 교육 한생을 다하지 못한 그의 원한도 준혁의 짐작만으로도 능히 역력해 보였다.

당숙은 한참이나 잡고 있던 준혁의 손을 풀며 왼손에 쥐었던 호미를 도로 옮겨 잡더니 부추밭에 김매기를 시작한다.

만춘의 햇살에 꽤나 그을린 당숙의 얼굴은 검붉게 보였지만 연세에 비해 늙고 쇠퇴해진 모습은 아니었다. 반 세기가량을 교직에만 몸담고 학교라는 울타리 안에서만 지낸 관계로 피부 빛이 유난히도 하얗던 당숙은 왕년의 모습과는 달리 지금의 모습은 차라리 건강해 보이기도 했다.

당숙은 깊었던 상처에 새살이 돋듯 농군이 되면서 자연 속에서 새 삶을 가꾸며 남은 생에 활력을 되찾고 있었기 때문인지도 모를 일이었다. 교직을 갑작스레 물러난 후 한동안 허탈과 실의에 빠져 분통을 터뜨리던 지난날 당숙의 초췌한 모습은 아니었다.

평소 품위나 고상함과는 달리 한 인간이 지닌 도덕과 가치 기준이 한꺼번에 무너져 내렸을 때 어이없어, 제풀에 지쳐 버린 어린아이처럼 멍하게 지내던 그때와는 확실히 달랐다.

준혁도 당숙의 곁에서 맨손으로 부추밭의 잡풀을 뽑으며 말했다.

"부모의 뜻을 거역하고 불효를 저지르고 이 몰골로 찾아봬서

죄송합니다."

"젊음은 어떠한 질곡桎梏에서도 굽힘이 없어야 참다운 젊음이요, 그것은 곧 역사를 변형하기도 하는 법이거든. 부정과 불의에 항거함은 젊은이의 용기요 시대적 사명일 테니 집안 걱정일랑 접어 두도록 해라."

다행히도 당숙은 준혁의 편에 서 준 셈이었다. 해서 준혁은 제6공화국의 6·29 선언이 올 때까지 호박골에서 별 탈 없이 지낼 수가 있었다.

준혁은 그날 당숙 곁에서 텃밭을 매며 두꺼운 산 그림자가 내리고 어둠이 허리까지 찰랑찰랑 차오를 때까지 일을 거들다가 당숙이 기거하는 농막으로 들어갔다.

그날 밤 준혁은 당숙의 집 안쪽 골방에서 자면서 몇 번이나 몸을 뒤척이며 잠을 설치곤 했다. 같이 데모를 하다가 형사대에 끌려가 싸늘한 감방에서 지내는 친구가 있는가 하면 심한 물고문과 심지어 전기 고문으로 초주검을 당하고 있다는 소문을 들었기에 더욱 마음이 불편했다. 자기 혼자 이런 곳에 와서 편안히 지낸다 생각하니 잠이 올 수가 없었기 때문이었다.

준혁은 잠을 자는 둥 마는 둥 하고선 새벽 일찍 일어났다.

호방터의 여명은 어둠과 밝음이 교차되면서 부윰한 안개가 엷게 산자락과 밭 언덕을 덮어 오며 하루의 아침을 열고 있었다. 준혁이 방문을 나서 잔디밭 뜰을 나섰을 때 이미 당숙은 일어나 괭이 한 자루를 어깨에 메고 사립을 나서고 있었다.

"당숙부님, 피곤하시지 않으셔요? 이렇게 일찍 일어나시고….'

"피곤하긴, 너도 일찍 일어났구나. 좀 더 잘 것이지….'

"왜 이렇게 일찍 일어나세요?"

"뭐, 습관이지."

"그럼, 낮에 피곤하실 텐데 낮잠이라도 한숨 주무시나요?"

"낮잠 잘 시간이 어디 있어. 농사꾼은 한시도 쉴 틈이 없는 게야."

준혁은 당숙을 따라 집 주변을 돌아보았다. 새벽은 점점 밝음으로 채워지며 당숙이 경영하는 농원을 훤히 제 모습을 드러내기 시작한다. 준혁은 당숙을 따라 농장을 돌아보노라니 참으로 놀라지 않을 수가 없었다.

십 년 전 시골로 이사를 간다기에 트럭에 이삿짐을 싣고 당숙과 함께 처음 도착했던 이곳은 말 그대로 묵정밭에 잡풀만 무성한 황무지였다. 그 황무지를 퇴직금과 서울 재산을 정리해 구입한 것이었다. 전에 살던 사람이 낡고 퇴락한 주택 옆에 겨우 채마밭 정도 일구어 살아갔던 모양이고, 만여 평이나 된다는 농토는 억새풀이며 망초대가 어른의 키만큼이나 자라 까투리가 알을 낳고, 노루며 산토끼가 제멋대로 놀다 가는, 황량하기 이를 데 없던 곳이었다. 그런 곳에 짐을 내려놓으며 당숙은 말했었다.

"참으로 한갓져서 좋구나. 제2의 인생을 걸어볼 만한 곳이거든.”

그러했던 그 농장이 그때와는 전연 딴판이었다. 그야말로 상
전벽해桑田碧海였다. 우선 삐딱하게 반쯤은 기울어져 금방이라도
쓰러질 것만 같았던 고가부터가 달랐다.

당숙이 기거하는 농막은 말이 농막이지 도시의 단독 주택 못
지않았다. 기울어져 가던 고가를 현대에 맞게 멋지게 리모델링해
서 참으로 생활하기에 편리하도록 손질돼 있었다. 내부에는 서가
며, 욕실에다, 응접실과 침실이며 주방을 현대식으로 바꾸고, 간
간이 들리는 옛친구들을 위해 별실도 마련되어 있어서 준혁이 당
분간 머물기에도 안성맞춤이었다.

서가에는 서울서 옮겨온 장서가 수천 권이나 꽂혀 있었고, 부
속 건물로 지은 창고에는 각종 농기구와 영농장비들을 깨끗이 정
비해서 알맞게 진열해 놓고 있었다.

더욱 놀라운 점은 손수 고안하고 설계해 지은 비닐하우스 안
에 수백 분의 분재와 틈틈이 수집해서 손수 좌대를 깎고 다듬어
서 진열해 놓은 수석은 그 수를 헤아릴 수 없을 정도였다.

거기다가 밭이며 그 언저리에 널려진 수많은 돌들을 모아 쌓
아 놓은 탑들도 장관이었거니와 장승과 솟대를 농장 둘레의 울타
리 따라 낸 산책로에다 서너 자 간격으로 세워 두었으니 그 또한
당숙이 아니고선 해낼 사람이 없으리라는 생각이 들 정도였다.

준혁은 그제야 당숙이 퇴직 후 십 년간이나 호방터를 단 한 번

도 나가지 않았다는 사실이 이해가 갔다.

"당숙님은 참으로 대단하십니다. 만 평도 넘는 이 넓은 땅을 혼자서, 그것도 손수 이렇게 가꾸어 놓으시다니요! 그야말로 피땀을 쏟아부은 셈이네요?"

"대단할 거야 뭐 있겠나. 하기야 교직에서 쫓겨나다시피 했고, 거기다가 자식 하나 있었지만, 결혼하자마자 외국에 나가 버렸으니 식구란 우리 내외뿐이라 농장 가꾸는 일 말고 할 일이 따로 있었겠어. 그래서 자고새면 이 농장에 엎드려 살아왔지. 물론 독서 시간을 제외하고는."

"이 농원이야말로 흔히 말하는 테마공원이 아니라 '테마농원'이라 하겠군요."

"그렇게 볼 수도 있겠지만 처음부터 그런 생각으로 시작한 것은 아니었지. 환갑도 진갑도 다 지난 나이에 무슨 미래를 위한 투자를 하겠어, 아니면 원대한 꿈을 심겠어. 다만 세상사를 잊고, 사람을 잊고, 나를 잊는 방법으로 그저 해본 거지."

준혁의 눈에 비친 당숙의 '찔레꽃 농원'은 그렇게 화려하지도, 요란하지도 않은, 마치 찔레꽃처럼 수수하고 가식이 없으면서도 올목졸목하며, 끈질긴 생명력이 넘치는 그런 농원이었다.

농원 전체를 마치 씨줄과 날줄을 쳐서 바둑판 모양으로 나누어 길을 내고 그 네모진 밭뙈기에다 사과, 복숭아, 배, 감, 호두, 자두, 다래, 머루, 포도, 밤, 대추, 석류, 앵두, 살구, 매실 등 과

일나무를 심고, 두릅, 엄나무, 오갈피, 옻나무, 참죽나무, 개금나무, 산수유, 동백, 뽕나무 등을 심었는가 하면, 장미, 진달래, 개나리, 홍철쭉, 황철쭉, 백철쭉, 수국, 황매화, 백매화, 모란, 치자, 라일락, 작약, 과꽃, 나리, 봉숭아, 백접시꽃, 홍접시꽃, 구절초, 국화 외에 야생화 등 기화요초도 키에 따라 군락을 이루었고, 그 군락지마다 하나하나 패찰이 세워져 있었다. 그 넓은 농원 둘레에는 산책길을 내어서 그 길 따라 후박나무, 목련화, 전나무, 자작나무, 단풍나무, 헛개나무, 모과나무, 은행나무, 벚나무, 느티나무따위가 손 안간데 없이 키워져서 초여름의 아침 산책길에 싱그러움을 더해 주고 있었다. 또한 기거하는 집 주변에는 채마밭을 잘 손질해서 부추, 근대, 상추, 시금치, 무, 배추, 오이. 토마토, 당근, 머위, 우엉, 가지, 호박, 참깨, 들깨, 감자, 고구마, 옥수수, 산나물, 들나물까지 골고루 가꾸어서 밥솥에 밥 안쳐 두고 손만 내밀면 찬거리는 얼마든지 장만하게끔 되어 있다.

농원을 거닐다 보면 돌아가는 모퉁이마다 쉬엄쉬엄 쉬어갈 수 있게 통나무 의자도 만들어 놓았고, 음풍영월하는 시인 묵객도 아니면서 군데군데 자연석을 세워 거기다가 명시, 명문장을 각인해 두었으니 가히 문학공원이라고도 할만하다.

준혁은 당숙이 가꾼 '찔레꽃 농원'을 돌아볼수록 놀라움을 감출 수가 없었다. 도회의 돈 많은 어느 재벌이 거금을 투자해서 만든 별장도 아니고, 순전히 당숙 당신 내외만의 손으로 가꾼 농원이라는데 입이 벌어져 말이 안 나올 지경이었다.

"이 정도의 농원을 가꾸는 일이란 그렇게 어려운 게 아니야. 한 십 년 걸렸지만, 그 십 년의 세월이 짧은 것이 아니잖냐 그 말이야. 나이 들면 잠도 잘 안 와. 하루에 네댓 시간 자면 돼. 그 십 년을 초수로 환산해 보라고. 오천이백오십육만 초가 아닌가. 십 년을 자면 잠자는 시간만도 팔백칠십육만 초나 되거든. 십 년이면 강산이 변한다고들 하지 않던가? 십 년 동안에는 식물도 자라고 흙도, 사람도 변할 뿐만 아니라 모든 생물 무생물이 가만있질 않아. 살아 있는 생물에 애정을 쏟으면 쏟는 만큼 자라고 번성해져. 아무 가치 없이 흙 속에 묻혔거나 길섶에 나둥그러진 돌도 저렇게 주워다가 탑을 쌓고 글을 새겨 두고 보면 죽음에서 부활되어 다시 생명력을 갖게 되는 거지."

"이 수많은 수종과 기화요초는 어떻게 다 구하셨는지 궁금하군요?"

내가 직접 구한 것도 많지만, 대부분은 여러 곳에 편지를 보내 종자를 구입하기도 했고, 아는 분들로부터 종자나 묘목을 기증받아 씨 뿌리고 가꾸어 놓은 거야. 처음에는 친구들도 이제야 씨 뿌려 뭐 하겠느냐며 황당무계한 짓 말라고 말리기도 했다가 지금은 와 보고 감탄을 하더군."

"오늘 지구의 종말이 온다 할지라도 나는 사과나무를 심겠다는 스피노자의 말을 실천하신 셈인가요?"

"천만에. 앞에서도 말했지만 맹목적이었어. 그저 나무를 심고, 땅을 파고 채소를 가꾸고 짐승을 기르면서 세월을 삭이자고 작정을 했었지. 육순이 넘은 나이에 씨를 뿌리고 묘목을 가꾸어 황금이 열린다 한들 무엇에 쓰겠어. 더군다나 자식마저 떠나버리고 없는 마당에. 하지만 일하는 즐거움은 대단했지. 일도 일 나름이라 특히 노동이야말로 마음과 몸을 동시에 건강하게 해 주거든. 일을 해 보지 않은 사람은 모를 거야. 일에서 즐거움을 찾고, 즐기는 재미에 푹 빠져 있노라면 우리 부부는 마치 신선이 된 기분이었지. '나물 먹고 물 마시고 팔을 베고 누운' 그따위 게을러터진 인간은 조선왕조 시대의 삼류 선비나 할 짓이고, 오늘을 살아가는 고민 많은 인간들이나 노인들에게는 일에 푹 빠지는 것 외는 어떤 치료법이 없다는 게 내가 터득한 진리이고 지론이야."

"이 정도로 노력을 하셨는데 소득은 어느 정도나 되는지요?"

"소득, 그렇지. 소득이 있고말고. 과일에, 채소에, 닭, 오리, 염소 등에서 얻는 육류에, 연못에 기르는 물고기 하며, 고구마, 감자, 콩, 토란에다 논마지기에서 생산하는 몇 가마의 쌀이면 우리 두 식구 호구지책으로 족하거니와 우리 부부 나란히 이 찔레꽃 농원을 한바퀴 돌아볼 때는 뭔가 모를 행복감에 젖기 일쑤니 거기에서 더 소득을 바래 뭣하겠는가? 또한 하루가 저물어 뜰 앞에 심은 오동나무에 달이 뜨고, 연못가에 심은 양류에 소소한 바람 지나갈 적에 잔디밭에 놓인 평상에 국화꽃으로 빚은 술상 앞에 놓고 먼 곳에서 모처럼 찾아온 옛벗과 함께 일배일배 부일배로 술잔 기울이는 그런 풍류도 인생 삶의 일부일진저. 이 또한 소득이라 아니할 수 있으리. 안 그런가?"

당숙은 농원을 한 바퀴 돌아 본 후 우리에서 염소를 몰아 풀밭에 매어 두고 닭, 오리 장에 모이를 뿌려 준 다음 연못에 걸어 둔 낚싯대 너머로 물고기에게 먹이를 던져 주었다. 그러고 나니 아침 해가 한 뼘이나 솟아 있었다. 해맑은 햇살은 아침 안개가 산자락 밭 언덕을 희뿌연 연기처럼 휘감아 오르는 사이로 눈이 부셔 왔다.

준혁은 그날로부터 근 이태 동안을 찔레꽃 농원에서 당숙을 도우며 생활하다가 5공 정부 끝 무렵 노태우의 6·29 선언으로 복교를 하려고 서울로 돌아왔던 것이다. 그러나 학적은 이미 제적된 지 오래여서 복학이 불가능했다.

준혁은 부모님을 찾아갔지만 호통만 맞고 집안에 발걸음도 들이지 못하게 했다.

할 수 없어 다시 서울로 올라온 준혁은 운동권 학생들에게 데모 선동 자금을 대 주며 후원해 주던 야당지도자를 찾아갔다.

그는 몹시 반색을 하며 반겼다. 육이구 선언으로 통일주체국민회의를 통해 대통령을 간접 선거로 선출하던 것을 이제 대통령을 직선제로 할 것을 선언하자 야당지도자는 대권을 노리고 한층 더 운동권 학생들을 이용했다. 몇 개월 안 돼 대선을 위한 총력전이 시작되자 학생들을 적절히 이용해 신군부에 대항하는 학생데모대가 거리를 뒤덮었다. 그 데모대의 한복판에는 역시 정준혁이우뚝 서 있었다. 선거전 막바지에 이르러서는 전투를 방불케 하는 데모로 밤낮이 없었다. 화염병과 최루탄이 도시의 곳곳을 난무했다. 준혁은 몇 번이나 화상까지 입고 병원을 들락이면서까지데모를 주도했지만 결과는 노태우의 승리로 끝났다.

준혁은 민주화의 조종이 울렸다고 생각지 않았다. 서울의 봄은 기어코 오고 말 것이라는 신념으로 다시 운동권 학생들을 규합했다.

데모는 대선 때처럼 심하지는 않았지만 올림픽을 치르던 전후를 제외하고는 여전히 계속되었다. 특히 6공이 끝날 무렵 3당 합당으로 YS가 정권을 잡자 특정 지역 사람들은 더욱 반발했고 그지역을 중심으로 한 학생들은 준혁을 중심으로 과감한 투쟁을 전개하기 시작했다.

준혁은 이제 정치인도 아니고 학생도 아닌 애매모호한 존재로야당정치인의 주변을 돌며 빛 잃어 가는 민주화 투쟁을 계속하고있었다. 그는 이제 민주화의 투쟁은 신군부와의 투쟁이 아니라정권의 평화적 교체에 있다고 보았다. YS의 합당정치는 아무리문민정부라 해도 평화적 정권 교체가 아니므로 민주정치가 아니라는 지론이었다. 그러나 YS는 날로 인기가 높아졌고 '역사 바로세우기' 구호까지 내걸어 부정부패를 뿌리 뽑고, 군부의 잔재 청산을 위해 전직 대통령 두 명을 한꺼번에 감옥으로 처넣었다.

그랬음에도 그의 임기 말년은 참으로 눈물겹고 허망했기에 국민으로부터 연민의 정마저 느껴지게 했다. 자식을 감옥에 넣고 IMF라는 경제 위기로 이끈 장본인으로 차기 대통령 당선자인 DJ에게 두 달여나 그 권한 행사마저 빼앗긴 꼴이 되고 말았다.

준혁은 반세기 만에 야당이 처음으로 평화적 정권 교체를 하는데 혁혁한 공을 세웠다고 자부했다. 그래서 민중이 세운 정부로 자처하여 국민의 정부라는 이름에 스스로 도취돼 있었다.

준혁에게는 한 국민으로서 높은 사람으로부터 논공행상을 받는 일 외는 아무 할 일이 없다고 생각했다. 그는 DJ의 부름만을 기다렸다. 한 달, 두 달 아무리 기다려도 그에게 내려지는 그 어떤 소식도 없었다. 그렇게나 따뜻하고 인간적이며 격려와 위무와 사랑을 베풀고 나라와 민족과 고생하며 투쟁하던 후배들의 앞날을 걱정하고 염려하던, 그분은 대통령이 되어 한을 풀었지만 준혁은 그제야 그들의 들러리만 서다가 젊음을 소모시키고 말았다는 사실을 깨닫는 순간 허탈에 빠지고 말았다.

이제 와서 DJ와의 독대는 불가능이었다. 그저 들리는 소식이라고는 벌써 DJ 측근들의 비리 아니면, 부정부패로 연일 신문의 기사로 오르내릴 뿐이었다.

그래도…? 준혁은 그런 마음으로 입에 풀칠하기 어려운 지경에서도 DJ의 부름을 기다렸다. 그 길 외는 살길이 없었다. 희망도 없었다.

데모 때나 대선 때마다 미적미적하던 별 볼 일 없던 운동권 후배들이나 동료들이 잘도 출세를 해 새집도 마련하고 권세도 부리며 뚱땅거리면서 잘도 산다는 소문이 자자했지만 준혁에게는 아무런 소식이 없었다.

그는 그만 지치고 말았다. 그렇다고 운동권 생활 외 아무런 이력도 없는, 그래서 고등룸펜이 된 준혁은 정말 살길이 막막했다. 그런 처지의 준혁에게 어느 날 편지 한 통이 배달되었다. 당숙의 편지였다.

죽기 전에 한 번 만났으면 한다는 간곡한 당부의 편지였다.

불현듯 생각해 보니 당숙의 곁을 떠나온 지도 또 십 년이 후딱 지나쳐 있었다. 아, 내가 너무 무심했구나!

준혁은 아직 결혼식도 올리지 못한 아내와 더불어 그날로 찔레꽃 농원에 사는 당숙을 찾아갔다.

고속버스를 타고 음성읍에 내려 다시 택시를 잡아타고 호방터로 가자 했더니 운전기사는 멀뚱히 준혁을 쳐다보기만 했다. '찔레꽃 농원'을 아느냐고 물으니 진작 그렇게 말씀하시지 하고 반문이다. 호방터는 몰라도 찔레꽃 농원을 누가 모르겠느냐다. 그만큼 당숙의 농원은 널리 알려진 모양이다. 준혁이 농원 입구에 내리자 첫눈에 띈 것 역시 흐드러지게 핀 찔레꽃이었다. 반원형 아치의 양 옆으로 하얗게 핀 찔레꽃은 그렇게 화려하지도, 천박

하지도 않으면서 끈질긴 생명력을 지녔다며 당숙이 좋아하던 꽃이었다.

준혁은 아내 미령과 함께 사립문을 들어서 넓은 잔디가 깔린 뜰을 지나 당숙의 집 앞에 이르렀다. 현관문은 활짝 열려 있었다.

동경이 한 마리가 컹컹 한두 번 짓더니 그만이다. 꼬리 없는 동경이는 찾아온 손님임을 금시 알아차린 모양이다.

옛날 같았으면 당숙 내외가 이 농원 어느 곳에선가 불쑥 나타나 반겨 주셨을 터인데도 아무런 기척이 없다. 온통 녹음으로 뒤덮인 분지. 그 찔레꽃 농원 전체가 오늘따라 적막하기 그지없게 느껴진다. 마치 한가한 간이역에 들어선 느낌이다. 만춘의 햇살만은 옛날과 다름없이 무더기로 비껴 내리는데 오늘따라 당숙의 집 안은 고여있는 웅덩이의 물처럼 모든 것들이 멈추어져 있는 듯하다.

"당숙님! 준혁이가 왔습니다."

그렇게 큰소리를 내며 응접실에 들어섰을 때에야 당숙은 등의자에서 조용히 일어서며 준혁 내외를 반겼다.

"와 주었구나. 반갑다."

그러면서 미령을 가만히 바라본다.

"저의 처입니다."

"저, 미령이에요. 당숙님."

"그렇구나. 아직 결혼식도 올리지 못했다지?"

"네, 형편이 여의치 않아서요."

준혁이 얼른 대답했다.

"다 알고 있다. 종형도 웬 고집이 그렇게 센지…."

준혁의 부친을 두고 하는 말이었다.

백발이 성성한 당숙은 많이도 수척해 보였다. 올해로 연세가 팔십오 세이시니 미순米旬도 몇 해 안 남았다.

"아직도 손수 일을 하세요?"

"못해. 날일로 품삯 주어가며 일꾼들 데려다 시킬 뿐이야. 그래서 네 형편 알고 있는지라 의논하고자 편지한 거지."

'인생칠십 고래희人生七十古來稀'란 말은 옛말이다. 미순을 목전에 두고도 만여 평의 농장을 경영하는 당숙의 모습을 두고 노익장老益壯이라 해야 할지…. 준혁은 당숙의 모습을 찬찬히 살펴보았다. 얼굴에 검버섯이 생기고 피부가 곱긴 하나 주름이 많고 어딘가 노쇠한 모습은 지난 세월도 어지간히 길었음을 숨길 수가 없었다.

그때 당숙모가 부추며 상추, 쑥갓을 바구니 가득 담고 들어오며 반색을 했다.

"조카님이 오셨군. 질부도?"

"네, 같이요."

얼마 안 있어 당숙모와 미령이 같이 마련한 점심이라 푸짐한 푸성귀로 즐거운 식사를 했다. 점심을 끝낸 후 넷은 다 함께 농원을 둘러보았다.

당숙이 교직을 물러나 이곳에 터 잡은 지 올해로 꼭 이십삼 년이 되는 셈이다. 그 긴 세월 동안 하루도 빠짐없이 농원을 가꾸었으니 그 어느 구석인들 당숙 내외의 손 안 간 곳이 있으랴.

크고 작은 나무는 그 모양도 형형색색이다. 이 농원에 심어진 화초며, 수목의 종류만도 천여 종이 넘는다니 참으로 놀랄 일이었다. 미령은 더욱 감탄해 마지않았다. 일일이 손수 가꾸었다는데도 놀랐지만, 최초의 시작을 육순이 넘은 나이에 씨를 뿌려 오늘에 이른 점은 가히 상상도 할 수 없는 일이라 여겨졌기 때문이다.

또한 산책길 요소마다 돌에 새긴 명시, 명문장 비석이 무려 이백 개도 넘게 세워져 있었다. 그래서 주말이면 농원이 미어지게 학습과 견학을 하기 위해서 많은 사람들이 몰려든다고 했다.

농장을 한 바퀴 돌아보고 나오자 때마침 오월 훈풍이 녹색 장원의 나무숲을 지나간다.

숲을 휩쓸고 지나가는 바람과 이름 모를 산새의 간헐적인 지저귐이 산사처럼 조용했지만, 실구름에 가려 있던 하오의 태양이 불거지자 주변은 금시 호기심 많은 아이의 눈망울만큼이나 환해, 이들 모두의 마음도 밝고 명랑해지는 것 같았다.

그날 밤, 준혁 부부와 당숙 내외는 응접실 소파에 마주 앉아 있었다.

통유리창 너머로 아스라이 보이는 매실봉 머리로는 보름달이 떠오르고 있었다.

당숙은 조용히 입을 열었다.

"오랫동안 심사숙고한 결론이다. 너의 지금 형편이 어떻다는 것도 다 알고서 하는 말이다. 서울 생활을 접고 이곳으로 올 수 없겠니? 만약 그리한다면 이 농원도, 집도 너에게 모두 양도해 줄 계획이다."

준혁과 미령은 당숙의 뜻밖의 제안에 어리둥절해 한동안 말이 안 나왔다. 잠시 후에야 겨우 입을 뗐다.

"재종형님이 계시지 않습니까?"

"준성이, 그 녀석은 양인洋人이 된 지 오래야. 물론 녀석에게 준다 해도 관리할 수 없음은 말할 것도 없고. 그러니 네가 맡아 잘 관리하고 경작해 보거라. 오래되기는 했지만 한 이태 동안 쌓은 경험도 있지 않니?"

"하지만…."

"너무 망설일 것 없다. 내 이미 너에게 증여코자 제반 서류를 갖추어 놓았느니라. 나나 너의 당숙모 또한 너무 오래 살았다 싶구나. 다만 너희 내외에게 부탁이 있다면 저쪽 찔레꽃 흐드러지게 핀 언덕 양지바른 곳에 내 이미 안식처를 마련해 두었으니 우리 내외 이 세상 하직하거든 그곳에 묻어다오. 그것뿐이다."

당숙의 반쯤 감은 눈에서 맑은 눈물이 자르르 볼을 타고 흘러

내린다.

"흐흐흑— 당숙님! 왜 그리도 약하신 마음 가지십니까? 건강하게 더 오래 사셔야지요."

그렇게 말하는 준혁도 당숙 앞에 엎드려 그만 큰 소리로 울음을 터뜨리고 말았다. 가슴 저린 통곡을 토해내는 준혁의 귓속으로 아슴하게 당숙의 말씀이 파고들었다.

"사람 한평생이 뭐겠니? 바람처럼, 구름처럼 그렇게 스쳐 가는 것이 아니더냐. 애시당초 목숨 가진 것으로 태어난 것이 잘못이 아니었을까? 태어난 곳이 있었으면 마땅히 돌아갈 곳이 있어야지. 그 많은 친구들도 앞서거니 뒤서거니 해서 다들 저승으로 떠났는데, 나는 지각을 하고 있어."

당숙의 얼굴에선 어느 사이 타고 내리던 눈물 대신 잔잔한 미소가 번지고 있었다. 당숙모도 휴지 한 장을 뽑아 콧물을 풀고 일어서더니 주방에서 손수 담갔더라며 매실 물을 가져와 컵 가득 부으며 말했다.

"너무 밤이 오래되었어요, 그만 들어가 잡시다. 조카 내외도 피로할 텐데."

그날 밤 준혁은 잠을 설치면서 몸을 뒤척이고 있을 때 하얗게 부서져 내리는 달빛을 타고 찔레꽃 농원 수목 사이에서 이름 모를 밤새가 후꾸 후꾸욱 하는 소리에 가슴이 젖어 들었다.

준혁은 그 많은 시간을 거슬렀다가 다시 현실로 돌아와 채마밭에 괭이질을 한다. 돌아서면 자라는 바랭이를 뽑노라니 문득 당숙 생각이 다시 떠올라 하던 일 제쳐 두고 찔레꽃이 흐드러지게 핀 당숙 내외의 무덤으로 갔다.

　당숙의 무덤에는 아직도 잔디가 어우러지지 않았다. 그러니까 작년 봄이다. 준혁 내외가 서울의 모든 것을 청산하고 이곳 호방터로 이사를 와 찔레꽃 농원을 경영하며 당숙 내외를 모신지 겨우 한 해 만에 당숙 내외는 한날한시에 기거하던 침대에서 나란히 돌아가셨다.

　그의 침대 옆에는 한 통의 유서가 남아 있을 뿐이었다.

　〈이 세상 너무 오래 머물러 치매라도 걸릴까 두려워 우리 함께 먼저 간다. 양지바른 찔레꽃 피는 언덕바지에 우리 내외 나란히 묻어다오.〉

　준혁 내외는 무덤 앞에 엎드려 큰절을 올리고 무덤을 지켜보았다.

　당숙 내외가 마치 나뭇가지에 잠시 앉았다가 날아간 새처럼 이 세상을, 아니 이 찔레꽃 농원을 잠시 머물다 떠났으려니 생각하니 준혁의 가슴에 까닭 모를 애수가 서려 가슴이 저려왔다.

　여전히 당숙이 잘 가꾸어 놓은 찔레꽃 농원에는 오늘도 새가 울고, 바람이 스치고, 화초며 수목은 예나 변함없이 자라고 있었다.

꿈엔들 잇힐리야

그 무렵 우리들은 사범학교 1학년으로 생기발랄한 청춘시절을 구가했다. 신입생으로서 희망과 꿈은 부풀었고, 비록 어머니가 짠 보름세 무명베에 검정물감 들인 교복을 입은 옷차림이긴 했어도 모자에 붙은 사師자 공표는 찬란한 봄 햇살에 반짝거렸다.

춘분이 지난 지도 달포 가까이 되자 학교에 들어오는 정문의 가로수는 물론 교내 곳곳에 심어진 벚꽃나무에는 만개한 꽃들이 흐드러지게 피어 있었다.

우리들은 이성에도 관심이 많아 곤색 스커트에 흰 블라우스를 입은 난蘭반 여학생만 봐도 가슴이 두근거렸고, 얼굴에 열기가 절로 솟곤 하였다. 여학생들은 삼삼오오 떼를 지어 꽃잎 낭자히 흐르는 벚꽃 동산에서 헤싯거리고 깔깔대는 웃음소리로 봄 하늘을 누볐다.

시내에서 유일하게 남녀공학을 했던 우리들은 시내 여타의 남녀 고등학교 학생들과 많이도 다른 학창 시절을 보냈다. 학생 수도 반당 육십 명을 정원으로 해서 4개 반뿐이었고, 그중 1개 반은 여학생이었다. 반의 이름도 특유해서 송松·죽竹·매梅·난蘭반 등의 이름으로 지금의 유치원에서 흔히 부르는 반 이름을 방불케 했다.

학생들은 모두가 수재들이란 소리를 스스럼없이 들을 정도로 각지의 영재들이 모여 수십 대 1의 경쟁을 뚫고 입학을 했으니 그럴 만도 했다. 적어도 중학교에서 우등생이 아니면 원서마저 아예 써 주지 않을 정도였으니 입학의 영광은 과거시험에 합격한 것에 버금이었다.

도대체, 무엇 때문에, 어쩌자고 그런 어려운 경쟁을 뚫고 이 학교에 들어가기를 원했던 걸까?

그 이유는 대충 서너 가지로 들 수 있겠는 데 당시로서는 그럴 듯한 이유이기도 했다.

한국전쟁 직후여서 세계 최빈국의 하나였던 우리나라는 우선 직장을 구하기가 하늘에서 별 따기보다 더한 때라 졸업만 하면 직장을 얻는 일은 따놓은 당상이었기 때문인 점이 그 첫째였고, 둘째가 직업 중에서도 교사가 되면 선생님으로서 사회의 어떤 직종보다도 존경받는 직업이라는 데 있었다. 셋째로는 군 병역을 면제받는 특혜가 있었기 때문이다. 명분 없는 남북 전쟁으로 동족상잔의 비극 속에 수많은 인명을 잃었던 경험으로 군에 대한 기피증을 앓고 있었기 때문이었다. 넷째로 손꼽을 만한 이유 중의 하나가 국립학교여서 지금의 장학금 제도처럼 관비를 받을 수 있었고, 등록금이 싸다는 게 가장 큰 이유이기도 했다. 공부 잘하는 아이들치고 부잣집 자식은 드물었고, 대부분이 농촌에서 자란 빈농의 자식들이었기 때문에 적어도 고등학교 정도를 나오려면 사범학교가 제격이어서 구름처럼 몰려들었던 게 그중의 하나였기도 했다.

내가 이 학교에 입학을 하게 된 것은 그런 조건에 의해서가 아니라 아버지의 간곡한 지론 때문이었고, 그런 지론을 저항감 없이 받아들이고 내 나름의 꿈을 접은 것은 아버지의 말씀처럼 교육자의 길도 내 꿈의 하나일 수도 있다는 결론에서였다. 그래서 나는 사범학교 진학을 택했던 것이다. 그 후 우여곡절 끝에 사범학교와 대학을 나와 교단에서만 오직 외길 사십여 년을 종사하다가 정년퇴직을 했다. 정말 영광과 보람의 사십여 년이었다. 내가 말하는 영광과 보람의 교단반세기라고 하는 것은 그저 자랑으로 하는 말은 결코 아니다. 그 긴 교단과 교직에서 종사하는 동안 지각·조퇴는 물론 결근 한 번 하지 않았고, 부단한 교육 연수는 물론 제자 사랑에는 자식 못지않은, 인간애를 발휘해 수많은 교육자의 귀감이 돼 왔던 게 사실이다. 그 증거로는 수십 회에 달하는 훈장과 표장, 공로패 등을 받은 사실이다.

죽었다 다시 태어나도 교육자의 길을 가겠다는 신념을 버리지 않고 있다.

그러나 나는 지금도 그때 그 시절, 사범학교 때의 이야기와 더불어 꿈에도 잊지 못하는, 한 사건이 떠오르곤 한다. 그 사건은 내가 살아온 일상의 삶에 있어서 남이 볼 적에는 웃고 넘어갈 사소하고 하찮은 일화에 불과하겠으나, 내겐 어쩐지 그것이 거슬림으로 작용해서 아무리 떼어내 버리려 하여도 거머리처럼 나의 심장에 달라붙어 회충처럼 나를 괴롭히는 것이었다. 그렇게 되면 나의 내부에 담긴 모든 것들이 나로 하여금 감내할 수도, 인내할 수도 없는, 알지 못할 우울함과 분노와 허망함이 혈관 속으로 흐르면서 육십 년 전의 시간 속으로 사정없이 치닫게 되는 것이었다.

나는 한 사건과 더불어 사범학교 송반 시절 첫 담임선생이었던 칸트라는 별명을 가진 김규병 선생을, 그야말로 꿈에도 못 잊는 것이다. 이렇게 말하면 그 문제 된 사건의 주인공인 칸트 선생과 나와 사이에 맺어진 사제지간의 끈끈한 정情 때문에 승어사勝於師의 도리를 보이고자 함에 있는 듯 여겨지겠으나, 유감스럽게도 그와 정반대의 이야기를 적나라하게 까발리게 됨도 인제 와서 숨기고 감출 것이 못 되기 때문이다.

이런 사실을 두고 세상 사람들은 믿을 수도, 믿지 않을 수도 없는 일이라고 흔히들 말할 수도 있을 것이다. 그래서 나도 이 사건이 떠오를 때마다 한증탕에 들어가 뜨거운 물에 잠겨있는 듯 온몸이 나른해지는 것이다. 그러면서 뭔지 모를 비릿함이 나를 역겹게 만들고, 옛 중국의 변방 어느 객줏집 화장실의 수챗구멍에서 나는 시궁창 냄새를 맡는 기분에 역겨움으로 몸서리가 쳐지는 것이다.

*　*　*

어찌 됐든 나도 그때 그 시절엔 새벽녘이면 "이랴 저저." 소모는 아버지의 한 자식으로 들풀 같은 삶을 지탱하며 중학을 나와 이 학교에 합격했다. 그러나 나의 꿈은 다른 데 있었기에 서울 K고등학교에도 응시해 합격했다. 집으로 돌아온 나는 아버지 앞에 꿇어앉아 서울 명문 고등학교에 합격했으니 그리로 보내 달라고 간청했다.

"우리나라에 사범학교 말고 또 명문학교가 있다더냐?"

"그럼요, 사범학교보다 더 좋은, 서울에서도…!"

"가망 없는 소리 말고 사범학교 가거라!"

"아버지!…"

"듣기 싫다. 네 마음대로 하려거든 집을 나가도 좋다."

사랑채에서 나는 고함소리에 어머니가 달려와 아무 말 없이 나를 붙잡아 끌다시피 해 담 모퉁이에 세워 놓고 타일렀다.

"너는 어찌 그리도 네 아버지의 심정을 모른단 말이고."

"모르긴요. 나는 다 알아요."

"다 아는 애가 그 모양이고? 두말 말고 사범학교에 가거라. 이미 입학 등록금도 아버지가 직접 갖다 냈다 아이가. 그것도 버스 차비가 아까워 백 리 길을 걸어서 다녀왔다 아이가."

나는 어머니의 말씀을 듣고 더 말을 할 수가 없어 고개를 떨구었다.

" 사랑방으로 내려가라. 그리고 잘못했다 빌어라!"

어머니는 나의 등을 밀었다.

나는 어머니가 시키는 대로 사랑방으로 다시 가 아버지 앞에 무릎을 꿇고 용서를 빌었다.

"제가 잘못 생각했습니다. 아버지 뜻을 따르겠습니다,"

아버지는 한참이나 침묵을 지켰다. 긴 담뱃대에 엽연초를 두 번이나 재서 무쇠 화로에 대고 물쪼리를 연신 빨았다. 담배연기가 방 안 가득 찼지만 침묵은 계속되었다. 그 침묵의 시간은 불과 몇십 분이었겠지만, 나에겐 아주 긴 시간인 듯 느껴졌다.

아버지는 드디어 긴 담뱃대를 무쇠화롯전에다 톡톡 두드려 담뱃재를 털었다. 담뱃재통과 화로전이 부딪는 소리가 길고 묵직한 침묵을 깼다.

"이리 가까이 오거라!"

나는 아버지 앞으로 바짝 다가가 앉았다.

아버지는 화를 가라앉힌 듯 부드러운 목소리로 말씀하셨다.

"내가 지나친 말을 했구나. 잊거라!"

"괜찮아요."

"이 애비가 너 마음을 몰라서가 아니다. 잔솔밭같이 오보록한 너희들 육 남매에, 삼촌 둘, 사촌이 네 명 모두 열네 식구가 한솥 밥을 먹자니 비렁박토 열 두 마지기 농사지은들 초근목피 생활로 연명하기 바쁜 판에 내 어찌 너희들 소원 다 들어 주겠니. 너 재주 있어 어려운 관문 뚫었으니 만 번 다행 아니냐. 사범학교 나와 선생이 돼도 선생 나름이지."

"네, 아버지!"

* * *

그날 이후 입학식이 있던 날 아버지께서 차비를 주셨지만 나도 아버지처럼 백 리 길을 걸어서 혼자 학교에 갔다.

대강당에는 선배 학년 모두와 지방 유지, 인근 학교에서 온 교장 선생 그리고 다수의 학부모들이 참석한 가운데 입학식은 성대히 거행되었다.

'사범에 사범 되는 00사범'의 교가가 울려 퍼졌을 때 나는 가슴이 뭉클했다.

그래서 나는 다짐했다.

'선생도 선생 나름이지' 하는 아버지의 말씀과 함께 '사범의 사범되는 학교'에서 열심히 공부하여 '스승 중의 스승'이 되는, 그야말로 교학사도敎學師道의 길을 가리라 다짐했던 것이다.

입학 후 줄곧 사글셋방 한 칸을 얻어 자취생활을 했지만 학교생활은 즐거웠고, 예비 교사로서의 배워야 할 과목은 음악, 미술, 체육은 필수였고, 교육심리, 교육원리, 교육과정 등 여타의 인문고등학교와는 영판 다른 수업들이었다. 모두가 신기하고 흥미로운 과목이었다.

오래간만에 담임이기도 한 김규병 선생이 교육심리학 과목을 맡았다며 첫 시간 수업을 하기 위해 들어왔다. 수업 본론에 들어가기 전 도입 부분에서 자기소개를 했다. S대학교 사범대를 나왔고, 정 아무, 이 아무, 김 아무 교수 등 유명 교수 밑에서 공부하였다는 자기 PR을 제법 길게 하면서 경험주의 철학자 칸트, 칸트, 칸트…를 스무 번이 넘게 주워섬겼다. 가만히 듣다 보니 "모든 지식은 경험적 기원으로부터 발생한다"는 사서류적辭書類的 상식이 칸트에 대한 지식의 전부일 수는 없다는 생각이 들어 나는 손을 들어 질문을 했다.

"선생님! 칸트 철학에 있어서 '도덕과 자유에 대한 개념' 같은 것을 좀 더 구체적으로 말씀해 주실 수는 없을까요?"

비록 번역판이긴 했지만 이미 『순수이성비판純粹理性批判』 정도는 읽었기에 관심이 많아 질문했던 것이었다. 이 같은 나의 질문에 당돌하다는 생각이 들었던지, 아니면 시건방진 놈으로 치부했거나, 답변이 궁했거나 해서였는지, 어쩐지는 모르겠으나 김규병 선생은 안면이 일그러지면서 소리쳤다.

"너 이름이 뭐냐?"

"태 진입니다."

"이리 나와!"

머뭇거리며 교단 앞에 나가 선 나에게 김규병 선생은 흥분된 어조로 말했다.

"이 쌔끼, 나를 뭘로 여겨 하는 질문이야. 건방진 놈!"

그는 주먹을 부르르 떨며 나의 얼굴을 향해 있는 힘을 다해 한 방 날렸다.

내가 반사적인 동작으로 그의 주먹을 피했을 때였다.

"꽈당!"하는 소리와 함께 육척장신의 김규병 선생은 교단 앞에서 스스로 넘어지고 만 것이었다.

반의 모든 학생들은 일제히 일어섰지만 웃을 수도, 뭐라 말할 수도 없어 그저 그 후에 일어날 일에 대해 불안한 표정만 짓고 바라보기만 했다.

이쯤 되자 김규병 선생은 더욱 흥분했고 이를 본 나는 교실 밖으로 도망치는 수밖에 없었다. 다음에 일어날 일에 대해 생각할 겨를도 없이 다리야 날 살려라고 줄행랑을 놓았던 것이다.

이런 일로 그날 6교시가 끝나고 종례 시간에 우리 송반 교실에 들어온 김규병 선생은 잔소리깨나 하던 평소와는 달리 '종례 없음'을 선언하고 나를 교무실로 데려갔다. 그는 자기 사무용 책상 옆에 나를 무릎 꿇여 놓고 당신이 할 일만 하고 있었다.

두 시간 정도가 지났을 무렵에는 다른 선생들이 하나둘 퇴근하기 시작했고, 담임인 김규병 선생의 어깨너머로는 어느새 일몰이 되었는지 으슴푸레한 어둠이 교무실을 채우기 시작했다.

그때서야 김규병 선생이 말했다.

"앞으로는 두 번 다시 그따위 불순한 질문은 하지 않겠다는 반성문을 써 놓고 돌아가!"

그런 일로 센세이션을 일으켜서 태 진이라는 내 이름이 동학년 전체에 퍼져서 화제의 인물로 지목받았고 담임인 김규병 선생은 하루아침에 칸트 선생이란 별명이 붙고 말았다.

하지만 그런 사건도 밀려왔던 파도가 바위에 한 번 부딪힌 후 거품으로 사라지듯 나와 친구들의 기억에서 사라져 갔다. 나 역시 이 일로 사기가 죽지 않았고, 1학기도 거의 끝나 갈 여름 방학을 불과 1주일 앞둔 7월의 중순을 맞이했다.

때는 장마철이라 오전 한때 소나기로 남강 물이 북받쳐서 풀빵집 옆 다리가 범람할 거라는 교육청의 유선전화 통보를 받은 우리 학교는 4교시를 끝내기가 무섭게 학생들을 귀가시켰다. 해마다 둑방 아래 풀빵집 옆 다리에 물이 차오르기 시작하면 종종 등교를 중지하거나 수업을 중단하고 귀가시켜 왔다.

오늘도 그런 이유로 조기 귀가시켰고, 때마침 상이용사傷痍勇士회관의 학생 영화 관람 요청을 받아 학생들에게 관람 허가를 해 주었다. 나는 그날 영화 관람을 포기하고 도서관에서 독서로 시간을 보낸 후 늦게 자취방으로 돌아와 보니 누님이 사천비행단에 정비사로 근무하는 자형을 만나 데이트 중 나를 찾아온 것이었다.

"저녁밥은 내가 살 테니 처남도 같이 나가자. 식사 후 영화도 볼 겸"

셋이 도화반점에서 식사를 한 후 영화를 보기로 했다.

"학생은 극장 출입이 안 되지만 용사회관은 학생 관람이 허가된 영화니 보아도 될 것 같으니 그리로 가요."

나의 제안대로 용사회관으로 들어가 자리를 잡자 곧 영화는 상영되었고 "탈파의 주둔병"이라는 전쟁 영화였다. 포연 자욱한 전선에서 목숨을 건 치열한 전투 장면이 계속되고 있어 정신을 집중하고 있을 때였다. 갑자기 머리에 쓴 모자가 벗겨져 나갔다. 뒤돌아보니 어둠 속에서도 담임인 김규병 선생임을 알 수가 있었다.

"이리 나와!"

나는 좌석에서 일어나며 자형께 말했다.

"만약 내가 돌아오지 않더라도 걱정 말고 즐거운 시간 가져요. 다행히 담임선생이니 괜찮을 겁니다."

나는 담임인 칸트 선생을 따라가면서 지난날 외람된 악연이 떠올라 불안하기도 했지만, 담임선생으로 다른 학교 교외단속 교사들의 눈에 띄지 않게 가만히 보내줄 것으로 기대했다.

　그런데 내가 칸트 선생을 따라간 곳은 J경찰서 바로 앞에 있는 직할지서였다.

　"이 학생은 야간에 극장 출입한 불량학생이니 처벌해 주시고 그 결과를 학교에 통보해 주시오!"

　나는 어처구니없게도 그날 밤을 직할서 보호실에서 밤을 꼬박 새웠고, 다음 날 아홉 시가 훨씬 넘어서야 공문 한 장을 들고 직할지서를 나섰다.

　"예비 교사인 사범학생으로서 그 정상을 참작하여 훈방 조처하는바 귀교에서 각별한 선도를 바랍니다"라는 내용이 담긴 경찰서장의 공문이었다.

　나는 그 공문을 들고 학교로 향해 걸어가면서 고개를 들어 하늘을 바라보았다. 하늘이 노랬다. 땅도 마찬가지였다. 또 고개를 들어 태양을 올려다보았다. 태양은 빨간 것이 아니라 까만 물체로 나의 눈을 찔렀다. 그래도 자꾸 걸었다. 요즘도 새벽같이 소를 몰고 계실 아버지와 오뉴월 염천에도 그 흔한 볕가림 모자 하나 없이 밭고랑을 누비실 어머니 모습이 앞을 가렸다. 그래서 불과 2~3Km의 거리를 걸어가는데 걸린 시간은 무려 네댓 시간이나 돼 학교에 도착한 때는 오후 2시가 넘어 있었다. 아침도 굶고 점심도 굵었다. 뱃속에서는 미꾸라지가 오르내리듯 뽀그락거렸다.

긴 가뭄에 시들어 고개를 숙인 물봉숭아 행색으로 교무실에 들어가 칸트 선생 앞에 섰다. 그리고 말없이 공문을 내밀었다.

"이 쌔끼 봐라. 어떻게 나왔어?"

"걸어서 나왔습니다."

말끝마다 "이쌔끼, 저쌔끼"에다 의도적으로 유치장에 끌어넣은 담임선생의 소행이 너무 악랄하다 싶어 잘못했다는 말 대신 울분에서 뱉은 대답이었다.

"이 쌔끼 봐라? 태 진! 넌 인마 내일부터 학교에 안 나와도 돼. 무기정학이야!"

나는 더 말하지 않았다.

세상에 제 새끼 잡아먹는 당랑족螳螂族도 아니고 스승이 제자를 구렁텅이로 몰아넣겠다는 심보를 어떻게 봐야 될까. 그것도 사소한 감정으로.

나는 잠시 김규병이라는 인간에 대하여 생각해 보았다.

"선생도 선생 나름이지"하던 아버지의 말씀과 더불어 장차 스승이 될 예비 교사의 스승이라면 '스승의 스승'이라 할 수 있는 김규병은 과연 선생일까? 그가 과연 명문 S대의 사범학부에서 정상적인 교육을 받고 나온 교육자일까?

말 많은 세상에 풍문으로 들어온 칸트 선생의 전력에 대해 귓전으로 흘려보냈지만, 나의 이번 일로 인해 새삼 되씹어 보지 않을 수가 없게 되었다.

* * *

6·25 전란으로 부산을 임시수도로 정하자 명문S대도 문을 닫았고, 부산에다 임시로 S대 분교를 개설했다. 그러나 전시 중이라 학생 모집은 용의치 않았다. 고교 출신이면 어중이떠중이를 모두 받아들였지만 모집 정원의 반도 채우지 못했다.

하동군의 어느 면소재지에서 사또나리께 연줄을 대 참봉벼슬 하나를 얻어 걸치고 살았던 전력의 아버지 덕택에 김규병도 시골 고등학교는 나왔다. 졸업 후 껄렁패로 싸가지 없는 짓만 하고 온 면내를 돌아다니던 김규병이 S대 사대 분교에, 그것도 뒷문으로 들어가 4년을 나왔으되 자기가 제출한 학사논문의 제목조차 모르고 졸업했으니, 수재들이 모인 교실에서 수박 겉핥기식 강의는 통하지 않을 것은 명약관화明若觀火함이 아니던가!

이후 서울 수복으로 본 대학에 합병되어 졸업을 했고, 다행히 무시험 검정에 의해 교사자격은 획득했지만 교사로서의 기본 자질이나 지식이 미달이었음은 불문가지였다. 그 예로 일선 학교에서 월말이면 내는 출석통계 하나 제대로 내지 못했음은 말할 것도 없었고, 심지어 초등학교 4학년생이면 셈할 줄 아는 분수의 덧셈에서 최소 공배수조차 몰라 $1/2+1/3=2/5$로 계산하는 처지이고 보면 칸트의 경험 철학에서 '도덕과 자유의 개념'을 구체적으로 피력해 달라는 요구는 무리였을 뿐만 아니라 그 답을 하기에는 애당초부터 어불성설語不成說이었다고 보여 진다.

적어도 내가 일곱 살에 서당에서 배운 한학자 치재治齋 선생의 가르침에 의하면 노우상풍露雨霜風에 씻기고 깎인 바위의 탄탄함 같은 학문과 한마지로汗馬之勞에 각고刻苦의 인내로 닦은 품위 있는 교양이야말로 사람으로서 갖추어야 할 기본이라 배웠다.

그러기에 칸트 선생의 이런 이력을 뒤늦게 안 것이 후회가 되었다.

* * *

나는 교무실을 나서 교정의 모퉁이를 돌아 나오며 넓은 운동장의 가장자리에 세워진 "스승이 되기 전에 먼저 참된 인간이 되라"는 사도비師道碑를 바라보았다. 또 전교생 육백 명이 하얀 체육복을 입고 곤봉체조를 하는 모습은 일사불란의 미로 돋보였다.

올 시월에 있을 부속국민하교(현 초등학교) 가을 대운동회에 특별 찬조 출연을 하기 위한 연습인 것이다. 그 무리에 어제까지만 해도 내가 끼어 있었지만 오늘부터 제외되었다. 약간의 소외된 서운함을 안고 교문을 나와 다리꺼리 풀빵집 앞을 지나노라니 풀빵 굽는 냄새가 뱃속을 파고들며 시장기가 발동했지만 호주머니에는 땡닢 한 푼이 없었기에 그냥 지나쳤다.

새벼리 모퉁이 쪽 도동 들판이 펼쳐진 들판의 끝에서 떠오른 해는 어느덧 너우니의 진양호 쪽으로 많이 기울어 있었다.

후들거리는 다리를 의지해 자취방으로 돌아온 나는 납짝보리쌀(보리쌀을 물에 불려 기계로 누른 맥미)에 쌀 한 줌 섞어 밥을 지었다. 풋고추 박아 묵힌 된장 하나로 반찬 삼아 밥 한주발을 게 눈 감추듯 삼켰다. 살 것 같았다.

'만약 촌에 계신 부모님이 이 사실을 안다면 우실까, 웃으실까?'

나는 자취방에 엎드려 글을 쓰기 시작했다. 쓰고 고치고 지우고 다시 썼다.

연사흘을 혼자 방에서만 칩거하며 글을 썼다. 문교부 장관께 보내기 위한 진정서였다.

사건의 발단에서 현재에 이른 결말까지 육하원칙에 의해 눈곱만큼의 거짓 없이 촘촘히 엮어놓았다. 스승의 부당성과 더불어 나의 잘못도, 그리고 학반 친구들의 반응, 경찰서장의 공문, 평소 나의 신념, 끝으로 선처를 바란다는 간곡한 내용의 진정서였다. 우체국에 가 등기우편으로 보냈다. 놀랍게도 1주일 만에 문교부 장관 명의의 답장을 받았다.

내용을 요약하자면 학생 신분으로서 교칙을 잘 지키고 특히 앞으로 교육자가 될 후보 교사로서 남의 모범을 보일 것이며 한

번 실수는 있을 수도 있으니 희망과 용기를 잃지 말고 학업에 증
진해 주기를 바란다는 요지였다. 그런 다음 별도로 학교장에게
선처를 바라는 통지문을 보냈으니 염려 말라고 적혀있었다.

다음 날 학교의 급사 아이가 와서 등교하라는 연락을 하면서
바로 교장실로 가라는 것이었다. 급사의 말 대로 교장실에 들어
서자 언제나 인자하고 학자풍의 장지형 교장이 회전의자에서 서
류를 살펴보다가 일어서며 말했다.

"응, 왔군. 앉게. 자네가 태 진인가?"

"그렇습니다."

"영리하게 생겼군. 그럼 문교부에 진정서를 보낸 학생이 구먼."

"네, 그렇습니다."

"그런 일이면 문교부 장관께 보다 내게 보냈어야지…?"

"가재는 게편…" 하다가 손으로 나의 입을 막았다.

"허허허…"

장 교장은 너털웃음을 웃으며 내 손을 꼭 잡고 말했다.

"결재서류를 잘 살펴보지도 않고 도장을 찍은 것이 내 불찰이
었어. 다 잊어버리고 용기백배해서 공부 열심히 해. 그럼 나가
봐. 담임에게도 인사 잘하고."

"네, 알겠습니다."

이렇게 해서 그 사건은 일단락됐고 그 후 나와 담임인 칸트 선
생과도 별 부닥침 없이 1학년을 마감했다.

다음 해 2월이 되자 학년 수료식이 각 반별로 있었고 나는 1학년의 수료증과 함께 성적표를 칸트 선생으로부터 직접 받았다. 학업성적은 열심히 한 대로 우수했지만 칸트 선생의 심리학 과목만 겨우 백 점 만점에 육십 점이어서 평균 85점이면 받을 수 있는 우등상 권에서 탈락되었다. 조행에서도 (상·중·하) 가운데 올 (하)였다.

나는 다시 한번 더 칸트 선생의 끈질긴 보복심리를 기억하게 되었다.

2학년 때는 매반이 되어 공 선생을 담임으로 맞아 한 해 동안 정말 행복했다. 학생들은 이구동성으로 공 선생을 환영했고 좋아했다. 공 선생은 국민학교에서 대학을 나오고 교사가 되기까지 검정고시로 일관해온 노력가이자 실력파였다. 그분의 영향으로 훗날 고등고시 패스나 중등교사 자격 고시에 패스한 학생들이 수두룩했다. 같은 학년이라도 나이 차이는 들쭉날쭉이라 두서너 살 위거나 그 이상의 친구도 있었다. 여름 방학에 문 아무개 친구 따라 그이 집에 놀러 갔더니 사립문을 들어서는 순간, 아버지! 하고 쭈루루 나서는 아이들이 있어 놀란 적도 있다. 이 친구는 담배도 곧장 잘 피웠다. 김남상라는 친구는 그때 벌써 작가로 등단해 부산일보에 연재소설을 쓰고 있었는데 반가班歌의 가사를 지었고, 친구 정섭민은 작곡가로 이름을 날려 솔마의 작사에 곡을 붙여 반가로 1년 내내 불렀었다.

그 행복했던 한 해가 꿈결처럼 지나가고 3학년이 되었다. 나는 일학년 때처럼 송반이 되었다. 담임 발표를 보고 또 한번 놀랐다. 이 무슨 운명의 장난인가? 아니면 장난의 운명인가? 바로 칸트 선생 그분이었다. 그 지긋지긋한 악연의 고리가 또 연결되는 것이 아닌가 해서 불안하기 시작했다. 그러나 어쩌랴. 나의 힘으로는 별도리 없이 받아들이는 도리밖에 없었다. '하필이면…' 하면서도 내장으로 파고드는 공포와 불안을 억누르고 겉으로는 초연함을 과시했다. 나는 칸트 선생에 대한 경계심을 늦추지 않으면서 그가 강의하는 과목에는 유독 정성을 기울여 들었고 그 결과 중간시험과 기말고사에서 채점된 시험지를 되돌려 받았을 때는 모두 만점이었다.

여름 방학을 1주 일 앞둔 어느 날 오후였다. 갑자기 3학년 남녀학생 전체를 운동장에 집합시켰다. 반쯤 서울말을 해 '어긋지기'란 별명을 가진 홍 교감 선생이 조례대 위에 올랐다.

"학생 신분으로 밤늦게 거리를 활보하며 연애를 해! 그래서 임신까지 한단 말야! 풍기문란도 유분수지. 이 봐, 여기 이 지방 신문 까십란 '물레방아'에 우리 학교 이름까지 밝혀 놨단 말여. 이럴 수가 있어! 물론 해당 학생은 퇴학 처분도 불사하겠지만 여러분에게도 경고를 해 두는 바다. 알겠냐? 여러분은 6개월 후면 선생이 될 사람들이야…."

이같이 쇼킹한 교감선생의 말씀에 여학생들은 우—하는 소리를 냈고, 남학생 중의 몇은 킬킬거리며 웃었다. 그때 학생 대열 사이를 이리저리 누비던 훈육주임 구 선생은 방금 킬킬거리며 웃던 학생 앞으로 다가가기 무섭게 구둣발로 학생의 앞정강이를 사정없이 깠다. 갑자기 당한 학생은 꼬꾸라졌고, 그 옆의 같이 웃은 몇 명도 똑같이 당해 꼬꾸라졌다. 훈육주임 보좌였던 생활지도부 김규병 선생도 같은 행동을 서슴지 않았다. 그렇게 해 놓고 이번에는 여학생 쪽으로 가기 무섭게 대표격이 될만한 여학생의 뺨을 사정없이 후려쳤다.

"우—라니? 교감선생님과 장난하자는 것가?"

이 학교 훈육주임 구 선생이야말로 시내 전체에서 삼대 악질로 손꼽히는 공포의 존재였고, 김규병 선생도 바늘 가는 데 실 가듯 구 선생의 쫄쫄이 행세를 했다.

그 외는 수학 선생 우렁쉥이, 영어 선생 최타조, 생물 선생 달개비, 미술 선생 텃치좋아, 체육 선생 가운뎃다리 등 별명은 있었지만, 정 많고 실력 있어 추앙받는 선생들이었다.

어찌 됐건 이 시대의 교육은 대화와 사랑보다 엄격과 체벌 위주이고 칭찬보다 꾸중이 주였던 것은 시대상의 반영이자 전쟁이 막 끝난 초토화 된 땅 위에 거칠어진, 정서의 고갈 때문이 아니었을까 싶기도 했다.

우리는 이날 교감 선생의 훈화가 끝난 다음 더욱 기이한 일이 벌어졌다.

방학 후에 있을 일선 국민학교에서의 교생 실습을 앞두고 제법 많은 학생들이 교칙을 위반하고 두발을 길러 어떤 학생은 포마드를 머리에 발라 가르마까지 타고 다니다가 훈육주임을 만나거나 하면 모자를 푹 눌러 쓰고 다녔다.

이 같은 일을 눈치챈 훈육주임 구 선생은 미리 준비한 바리깡으로 머리 기른 남학생들의 두상에는 고속도로를 내주었고, 파마를 하거나 치렁하게 기른 여학생의 머리는 무참히도 가위질을 해 주었다.

그로 인해 이날 귀갓길에는 남학생들이야 모자를 쓰면 그만이었지만, 여학생들은 손가방을 뒤집어쓰고 집으로 돌아갔다. 그 참담한 몰골을 서로 보며 울 수도, 웃을 수도 없었던 희비극이었다.

나는 그해 시월 말일에 내가 다녔던 시골 학교의 모교에서 교생 실습을 마치고 자취방으로 돌아온 지 이틀째를 맞고 있었다.

지리산 자락의 한 촌락엔 국보인 5층 석탑이 있었다. 그곳이 단속 마을이다. 겨우 삿갓 여남은 개 엎어놓은 정도의 작은 촌락에 사는 이종사촌 누이동생이 찾아왔다. 내가 있는 J시의 봉래동 큰집에 심부름을 왔다가 오빠를 만나보고 가자 싶어 내 초라한 자취방을 찾아온 것이었다.

"순지야, 너가 불쑥 이렇게…? 반갑다 야."

"나도 그래, 오빠 본지가 오래여서 보고 싶었다아―"

나는 이른 새벽마다 연합신문 배달을 해 용돈을 마련했는데, 그 돈으로 가까이 있는 구멍가게에 가서 알사탕 한 봉지를 사 왔다. 순지에게 책꽂이에 꽂힌 교지 『두류봉』과 함께 사탕 봉지를 안기고 일어섰다.

"잠시만 기다려 저녁밥을 지어올 테니."

"내가 지으면 안 돼?"

"무슨 소리. 모처럼 온 손님인데. 잠시 책이나 보고 있어."

나는 쪽박에 한 홉 반의 쌀을 씻어 양은냄비에 앉히고 그 위에 납작보리쌀을 반 홉만 씻어 넣어 밥을 지었다. 반찬은 지고추 박은 묵은 된장 한 숟갈이면 족하겠으나 오늘만은 아까 구멍가게에서 사 온 양파 한 개 쓸어 넣고 멸치 몇 마리에 왜간장을 붓고 끓인 국 한그릇 더해 저녁 식사를 준비했다.

밥을 풀 때는 보리쌀을 걷어 내 밥그릇에 먼저 담고 순지 밥그릇엔 흰쌀밥만 담았다. 남은 쌀밥을 내 밥그릇의 보리밥 위를 덮었다. 둘은 마주 앉아 진수성찬 못지않게 잘 먹었다.

"오빠 공부만 잘하는 줄 알았더니 음식솜씨도 대단하네."

"음식솜씨? 응 그래, 이제 이력이 났어. 자취생활 6년 경력이면 어지간하지 않아?"

"호호호…"

"아하하…"

모처럼 남매가 만나 즐겁게 웃으며 저녁 식사를 했다. 벌써 하루해가 저무는지 반쯤 열어놓은 창문 너머로 붉게 물던 저녁노을이 출렁이고 있었다.

"오빠, 우리 영화 보러 가. 큰집 사촌언니가 그러는 데 '그 여자의 일생'이란 영화가 참 재미있대. 진주극장에서 지금 상영 중이래. 내가 오빠한테 간다니까 언니가 표도 두 장 주었어. 큰아버지가 친구로부터 받은 초대권이래."

"'그 여자의 일생'이라면 춘원 이광수가 쓴 소설을 영화화한 것이지. 나는 이미 책으로 읽어 봤거던."

"책벌레인 오빠가 그 소설 정도야 안 읽었겠어? 하지만 책과 영화는 다르잖아. 입장권 여기 있어."

"그래, 같이 가자."

둘은 평상복을 입고 극장에 들어가 두 시간 동안 영화를 보고 나니 아홉 시가 넘었다.

"봉래동 너네 큰집까지는 내가 데려다주마."

그렇게 말하며 순지의 손을 잡고 극장을 막 나서려는데 앞을 가로막는 한 사람이 있었다.

'아니! 세상에 이런 일이?' 바로 담임 칸트 선생이었다.

"여전하군. 따라와!"

진주극장 바로 옆이 경찰서였다. 2년 전에 그랬던 것처럼 똑같이 경찰관에게 인계했다.

"야간통행 위반, 학생 관람 불가의 극장 출입, 남녀학생 풍기문란 등입니다. 처벌해 주시오."

신분증까지 보여 주며 우리 남매를 인계한 후 돌아갔다.

나이가 꽤 들어 보이고 무궁화 꽃의 계급장을 단 경찰관은 우리를 가만히 훑어보더니 말했다.

"그렇게 불량해 보이지는 않은데. 어느 학교 몇 학년이지?"

"저는 사범학교 3학년이고 얘는 이종사촌 누이동생입니다."

"사범학교 학생이라? 방금 그분도 사범학교 선생이던 데…"

"네, 저의 담임선생이십니다."

"뭐라고? 그럼 담임선생이 제자를 경찰서에 잡아넣어. 원 세상에 별일도 다 있네."

'우리 담임선생은 그런 사람입니다'라는 말이 목구멍을 넘어오려는 걸 꿀컥 삼키고 오늘 일어난 일을 자초지종 털어놓았다.

"응 그래. 아직 학생이긴 하나 내년이면 선생님으로 나갈 사람인데 성인영화 한 번 봤기로서니… 마, 알고 보니 별것도 아니네. 여기는 잠잘 곳도 없고 하니 일찍 집으로 돌아가. 나도 자식 키우는 처지라…"

우리는 허리를 몇 번이나 굽혀 감사하다는 절을 하고 돌아왔다.

* * *

실습 후 등교 날짜가 며칠 남아 있어 교생실습 보고서를 작성해 등교 날짜에 맞추어 학교에 갔더니 게시판에 공고문이 붙어 있었다.

삼학년 송반 태 진
위 학생을 교칙 위반으로 일주일간 정학에 처함.

나는 교무실로 가서 칸트 선생을 뵈었다. 칸트 선생은 "이 쌔끼 정신 차려!" 그 말뿐이었다.

칸트 선생의 말은 나의 가슴에 비수로 꽂혀져왔다. 나는 끓어오르는 분노를 참을 수 없었지만 "감사합니다. 1주일 후에 뵙겠습니다"라는 비아냥거림의 인사를 하고 교무실을 나왔다. 교장 선생 앞으로 진정서를 내볼까 하는 생각도 있었지만 포기했다. 같은 사건으로 두 번 뵐 면목이 없어서였다. 곧장 부모님이 계신 촌으로 달려갔다.

1주일간 가정실습 기간이라서 왔노라 속이고 한창 바쁜 가을 일을 거들었다. 고추와 목화송이도 따고, 콩이랑 들깨며, 가을메밀을 베고 거두었다. 자취방에서 혼자 앓고 있기보다는 훨씬 나았다. 세상만사 좋고 나쁘고 간에 시간은 흘러가기 마련이다. 드디어 졸업을 했고 졸업장과 2급 정교사 자격증을 받았다. 그러나 후회스런 것은 학업성적은 좋았으나 조행이 최하위여서 우등상을 못 탄 것이 한스러웠다. 칸트 선생이 매긴 1, 3학년 때의 최하위의 조행 덕택?에 대한민국 최하위 학교인 지리산 유독골 가랑잎 학교에 첫 발령을 받았다.

가랑잎 학교는 전교생 모두 합쳐 15명뿐으로 복식 수업을 했다. 첫 발령부터 분교장 장이 되어 오십 대의 임시강사를 데리고 학교를 경영하는 교사가 되었다. 그로부터 2년 만에 본교에 합쳐지면서 가랑잎 학교는 문을 닫았다. 나도 본교로 발령을 받았지만 사표를 내고 대학에 진학해 서울로 갔다. j대학교 문리대 국문과를 나온 후 다시 채용시험을 거쳐 서울의 중심지에 있는 N초등학교에 발령을 받았다. 6학년을 맡았다.

* * *

여름 방학을 앞둔 어느 날 단축 수업이라 아이들을 보내고 1학기 통지표를 작성하고 있을 때였다.

" 태 선생! 그 반에 나대로란 아이가 있지요?"

인터폰으로 교장이 물었다.

"네, 그런데 무슨 일로요…?"

"신발 가게에서 신발을 훔치다 들켜 M파출소에 있다는군. 한번 가 보시오."

나는 한걸음에 달려갔다. 파출소에 들어가니 나대로가 나를 힐끗 보더니 고개를 숙였다.

"저가 이 아이의 담임교사입니다."

"그래요. 애는 소년 감호원으로 보내야 되겠는데요. 이번이 처음 있는 일이 아니라서 말이오."

"한 번 더 선처를 바랍니다. 저가 책임을 질 테니까요."

"그러시겠소? 그럼 나도 서류 작성하기도 귀찮으니 인수증만 써 놓고 데려가시오. 참, 신발값은 변상해줘야 될 거요. 신발에다 이름을 써놓아서…"

나대로를 데리고 신발 가게에 들러 값을 쳐주고 돌아오다가 근린공원 매점에서 아이스크림을 사서 손에 잡혀 주며 벤치에 나란히 앉았다.

"나대로! 너 자꾸 그럴래? 너대로의 사정이 있겠지만, 앞으로 한 번 더 그러면 나도 나대로의 생각이 있어."

나대로는 아이스크림을 먹다 말고 나를 빤히 쳐보았다.

"학구 위반이니까 너의 집 근처 학교로 보내거나, 소년감호원으로 가게 놔두는 일 말이다."

잠깐 그렇게 말해 놓고 나니 갑자기 칸트 선생의 얼굴이 떠올랐다.

그 희멀근 얼굴과 안색이 클로즈업되며 얼룩진 분노가 나의 모세혈관을 타고 흐르면서 상처에 바른 과산화수소의 거품마냥 부글부글 끓어오르는 것이었다.

나는 그런 것으로 인해 한참 동안 침묵을 지키다가 스스로 뉘우쳤다.

'나는 선생이지 칸트 선생이 아니다!'

칸트 선생의 한 그 잔혹함을 내가 어찌 꿈에라도 잊힐 리 있으랴.

나대로의 아버지는 월남전에서 전사했고, 어머니는 도보장사로 생계를 유지해 나간다고 생활기록부 가정환경란에 그렇게 기록돼 있다.

나도 모르게 나대로를 끌어안았다. 그 옛날 아버지가 나를 위로해 줬듯.

"대로야, 나는 너를 믿는다. 너를 졸업시킬 때까지는 아니, 언제까지라도 너와 함께 하마."

나대로는 놀란 토끼눈을 하고 나를 뚫어져라 쳐다본다. 차츰 나대로의 눈에 눈물이 고이기 시작했고, 나도 명치끝이…

* * *

나는 옛 사범학교의 동창모임에 참석했다가 잠깐 동안 운동장 한 켠에 서있는 사도비師道碑 앞에 혼자 나와 앉았다.

육십 년의 세월 비바람에 이끼 낀 사도비는 옛날에 있던 그 자리에 서 있었다.

사도비는 옛날이나 지금이나 말이 없다. 그러나 웅변보다 더 큰 침묵의 소리가 들리는 듯했다.

'그대는 스승이 되기 전에 먼저 참된 인간으로서 살아왔는가?'

나의 마음속 깊은 곳까지 그 소리가 파도처럼 밀려들었다.

"고장 난 벽시계는 멈추었는데, 흐르는 그 세월은 고장도 없네."

강당에선 지금 막 동창회를 끝낸 여흥으로 노래자랑이 시작되자 여동창 한 분의 낭랑한 목소리가 내가 앉아 있는 교정에까지 퍼져왔다.

'휘ㅡ이익ㅡ 데그르르 잘' 바람이 벚나무 가지를 흔들어 낙엽을 굴리며 지나간다. 그 바람에 신문 한 장이 날아와 나의 발끝에 와 감겼다. 나는 무심히 신문을 주워 펴들었다.

'아니, 이게 뭐야!'

"교수 아들 성폭행 피소. 앙갚음으로 교수가 고소인 폭행"의 굵직한 기사 제목과 함께 칸트 선생의 사진까지 실려 있었다.

사범학교가 교대로 승격되고 교사들도 대부분 교수가 되었다. 그러나 김규병 선생만큼은 탈락이 되자 대학원에 적을 두어 정치학 박사 학위를 받고 교수가 되었다. 이때 박사학위 논문 역시 표절 시비로 호된 비판을 받았지만 묘하게 비껴나서 지방대학 교수가 되었다는 것은 삼척동자라도 다 아는 일이다. 또한 그 옛날 하동군 내의 어느 한 면소재지의 고등학교를 졸업하고 한때 껄렁패로 놀아났던 그 잔학성이 되살아났던 것이었을까.

어찌 되었거나 그도 비록 칸트 선생의 이미지를 지우지 못한 채 이긴 하나 한 생을 교육자로 살아왔고 지금도 지방대학의 명예교수이기도 하다. 인간은 진정 본성을 개조할 수는 없는 것일까.

나는 신문에 난 기사를 대충 읽어 본 후 신문을 구겨 쓰레기통에 홱 던졌다.

언제 왔던지 백발의 머리칼을 휘날리는 월광 서장대 친구가 옆에 있다가 물었다.

"신문에 재미있는 기사라도 실렸어?"

나는 그저 우물거렸다.

"아, 뭐, 그… 그래, 그저."

무정세월無情歲月

철 늦은 봄이었다.

세월 흘러 나이 먹으면서 문득문득 떠올라 다녀오고 싶은 곳, 역시 태어나고 자란 옛 고향이 그리울 때가 더러 있기에 김향산은 이 봄이 가기 전에 고향을 한번 다녀오리라 작심하고 나섰다.

고속터미널에서 경부와 대진 고속도로를 경유하는 우등 버스를 타고 안성 휴게소를 지날 무렵에야 생각하니 고향 떠나온 지가 한 갑자甲子도 한참 넘었구나 싶었다.

해방되고 꼭 3년이 지난 봄에 온 가족이 함께 서울로 올라와 대학을 졸업하고 직장을 잡아 지금껏 서울서만 눌러앉아 살아왔으니 김향산의 고향도 꿈속 풍경같이 아련하고 몽롱하기는 남다를 바가 아니었다. 하기야 고향 떠나온 뒤 칠 년이든가 쯤 해서 고향에 남은 숙부님 회갑에 다녀온 적은 있었지만.

그래서 꼬박 다섯 시간을 보내고 내린 곳이 경남 서북지방의 교통 분기점인 원지에서 내렸다. 원지는 산청, 합천, 진주, 단성의 갈림 길목으로 사시장철 수량이 많은 경호강을 끼고 있어 천렵이나 낚시로 잡은 어죽이 성행해 술꾼들의 집합처로 흥청거리는 곳이었다. 여기서 강을 건너 다시 채소밭으로 유명한 대평들을 건너오면 "산은 산이요 물은 물이로다" 한 성철대사의 생가가 있어 한 번 들릴까도 생각했지만 뒷날로 미루고 합천행 방면의 정기 버스를 갈아탔다. 옛날 비포장도로였으면 한 시간은 좋게 걸릴 길이였지만 꼬부라져 돌아가던 길이 곧게 뻗고, 넘어가던 고갯길이 터널로 뚫리자 담배 한 대 피울 사이 도착한 곳이 꿈에도 그리던 고향 마을 어귀였다.

고향 마을 입구에는 정오가 가까웠는데도 안개가 노송 우거진 산허리를 휘감고 있었다.

그 안개를 비집고 푸짐한 햇살이 나지막한 종석산 봉우리와 마제봉 산허리를 소리 없이 기어 내리면서, 솜털보다 더 희고 부드러운 안개를 풀어 녹이고 있었다.

마을 앞은 옛 그대로 꽤나 넓은 곱대들이 활짝 펼쳐 있지만 옛 모습과는 달리 온통 시대상을 반영하듯 비닐하우스로 뒤덮인 들판이었다. 그런 들판은 마치 병풍을 두른 듯한 종석산 중허리와 마제봉 산자락과 이어져 진초록 빛깔이 더욱 선명해 보인다.

아스팔트로 새 포장 한 길을 다니는 정기 버스에서 이제 막 내린 김향산은 생가가 있고, 성장지였던 등잔 마을 주변을 잠시 서서 시선을 주어 훑는다.

마을 한가운데는 우뚝 선 은행나무가 예나 다름없이 한결같이 서 있었지만, 인근 도시 진주의 장대동 술집에서 웃음 팔던 나무네가 이곳 고랭이들 모롱이에서 술 팔든 주막은 간 곳 없고, 그 옆에는 세월의 부담에 못 이겨 퇴락할 대로 퇴락한 방앗간이 아직도 용케 버티고 있다. 그리고 한쪽엔 녹슨 이발소 간판이 양봉삼의 얼굴이라도 내민 듯 전주에 기대 삐딱하게 남아 있었지만 폐업한 지 오래임을 말해 주고 있다. 양봉삼은 김향산 보다 한두 살 위였지만 초등학교 동창이었다.

옛 기억의 초등학교 동창 양봉삼은 졸업 후 무면허 이발사로 마을 사람 일인당 봄철은 겉보리 서 말[斗]에다가 가을이면 나락서 말을 받으면서 이발업으로 생계를 보탰다. 그 양봉삼이 떠오르면서 오팔문 씨와 이주사 그리고 숙부가 실루엣으로 김향산 앞을 가로막았다.

* * *

해방된 그다음 다음 해였음이 분명 김향산의 기억은 생생했다.

그때 김향산은 십오 세 소년이었다. 우연히 숙부를 따라 방앗간에 들렸다가 낯선 한 사람을 만났다. 만난 사람은 오팔문 씨의 집에서 머슴 겸 나무네 주막 옆에 있는 방앗간 일을 도맡아 보게 되었다고 했다. 그는 얼핏 보아도 나이 오십 대 중반은 돼 보였는데, 그날로부터 동네 사람들은 아이, 어른 할 것 없이 그를 '이주사'라고 불렀다. 그 당시만 해도 상산 김씨 김향산의 집안이나, 전주 이씨 이치재, 남원 양씨 양봉삼의 집안 등 삼성이 집성촌을 이루고 양반행세를 자칭하고 살았기에 다들 '이주사'를 자기 집 마당 개 취급하듯 아랫주막에 사는 백정 출신 길순복이처럼 아이들마저 반말로 부르기 예사였다.

김향산도 나이 많은 어른을 반말로 부르고 대답하는 것이 민망했지만, 그들에게 존댓말을 쓰면 같은 상놈이 되어 집안 망신시킨다기에 어른들 따라 그들을 하대시 했다. 중의 벗고 뛰놀던 조모래기 녀석들마저도 "이주사, 밥 묵었어? 오늘은 풀 베는 거야? 옷에 오줌 쌌지" 하고 물에 젖은 옷을 보고 놀렸지만 그는 표정 하나 바꾸지 않은 채 고개 한 번 돌리지 않았다.

어쨌거나 이주사는 이주사로서 오팔문 씨의 머슴이자 방앗간 지기였고, 한 해 새경으로는 벼 석 섬을 받는다는 사실을 김향산의 숙부 외는 아무도 몰랐다.

이주사는 참으로 성실한 사람이었다. 비 오고 바람 부는 날이건 진눈깨비 날리는 겨울이건 방앗간에서 기름때 묻은 옷을 입고 원동기를 돌리다가도 방아 찧을 거리가 없는 날이면 먼 산까지 가서 나무를 해 날랐고, 풀지게 지고 논두렁의 풀을 깎아 거름을 장만했다. 일을 하되 다른 머슴들 보다 배나 했다.

부모 재산 물려받아 곱대들 한복판에 고래 등 같은 상·하 채 기와집을 짓고 너덧 명의 머슴에다 애첩까지 두고 사는 오팔문 씨는 여름이면 가랑니가 낙상할 정도로 다려 입은 한산모시 옷을 속 사타구니가 다 비치게 입고도 한 손을 바지고물에 밀어 넣어 애꿎게 그놈을 연신 주무르며 논두렁에 서서 일꾼들 들어라 소리 쳤다.

"꾸물럭거리지만 말고 싸게싸게 일 좀 해라. 오늘 중으로 쑥배 미 다섯 도가리 다 매야 내일은 가자실에 있는 개쩨배미 열두 마 지기 일 시작하재. 지슴(풀)이 고란이 새끼 치게 됐더만, 이주사 가 일 잘하는 것 본 좀 보라꼬."

그렇게 이주사를 추켜세우며 소리치던 오팔문 씨가 뜨거운 햇 볕을 오래 못 견디고 아랫주막에서 시원한 막걸릿잔을 들이키며 춘심이가 부치는 부채바람을 쐬고 있을 때다.

일꾼과 머슴들은 노자개울 뚝방 미루나무 그늘에 서서 오팔문 씨의 잔심부름꾼 순실이가 갖다 주는 쉴참을 들며 저마다 한마디 씩 했다.

농주 한 잔을 들이켠 장삼수가 먼저 입을 열었다.

"제기럴, 어느 놈은 팔자 좋아 오뉴월 염천에도 바지 꼬물에 손 넣어 O뭉댕이나 만지작거려 주는 춘심이 년 응댕이나 쓰다듬 고!"

"우리도 갈 마당에 새경 받거던 춘심이 하고 한 번 놀아 보세!"

목청 좋아 노래 잘 부르는 머슴 구식이가 한마디 거들자,

"목구멍이 포도청인데 춘심이가 다 뭣고."

같은 나이 문팔랑이 불만 섞인 말투로 내뱉었다.

"팔랑이 니 말 맞다. 내 목구멍은 고사하고 자식새끼 먹여 살리고 학비 댈라쿤깨 내 마누라 옆에 가기도 전에 넘어지고 자빠져 버리는 물건인데 무슨 놈의 춘심이라 쿠노."

사십 줄을 넘어선 안치수가 슬쩍 말을 돌려 이주사에게 물었다.

"이주사는 혼자 살면서 새경 받아 어디 쓸라 쿠노?"

그런 질문에도 이주사는 표정 없고 대답도 없었다.

이처럼 이주사는 언제나 꿀 머금은 벌처럼 입 한 번 여는 법이 없었기에 모두들 벙어리로 여길 만큼 일절 말이 없는 사람이었다. 일은 다른 머슴들의 배 이상을 하면서.

머슴 중의 상머슴이었다.

일이 있으나 없으나 이주사는 늘 혼자였다. 오팔문 씨의 사랑방에서 독신생활을 했다. 사랑방은 방이 두 개여서 방 하나에는 동네 사람들이 북적댔지만 이주사는 자기 방에서 혼자 늘 지냈다. 어떤 사람이 물어도 대답 없이 멀뚱히 바라볼 뿐이었다. 심지어 자기 집주인인 오팔문 씨가 뭐라 해도 이주사는 고개를 흔들거나 끄득이는 것으로 답했다.

벙어리는 분명 아니었다. 그가 꼭 하지 않으면 안될 말은 하되 분명했고 짧았다.

어느덧 한 해가 다 가는 늦가을이었다. 타작을 다 하고 볏섬이 오팔문 씨의 고방에 가득 찼지만 가을 끝나는 타작마당에서 새경 석 섬을 주겠다던 오팔문 씨는 일절 언급이 없었다. 그저 오늘은 이 일을, 내일은 저 일을 쉴새 없이 시킬 뿐이었다. 이주사는 시키는 일 외도 틈틈이 방앗간의 원동기를 닦고 조이고 기름칠을 하느라 쉴 틈이 없었다. 쉬는 때라고는 밤에 잠을 자는 것뿐이었다.

가을걷이가 끝난 들판은 황량했고 곱대들을 관류하는 양천강 물에는 살얼음이 조금씩 얼기 시작하자 기러기 떼가 팔자 모양을 하고 양천강에 날아들고 있었다.

이주사는 여느 때와 같이 아침 일찍 일어나 마당을 쓴 후 거래 양지 방앗간으로 나가 원동기를 잘 손봐 놓고 방앗간 구석마다 흩어놓았던 문건들도 말끔하게 정리를 한 후 돌아와 보니 오팔문 씨 집에 이주사처럼 스스로 굴러 들어와 잔심부름을 하는 댕기머리 순실이가 갖다 놓은 밥상이 기다리고 있었다.

이주사는 아침 식사를 마치자 평소대로 빈상을 껴안아 안집 대청마루 한켠에 놓아 두고 사랑채로 돌아오자 모처럼 옷을 갈아입었다. 처음 오팔문 씨의 집에 들어올 때 입었던 옷이었다. 허름하기는 해도 무명베 바지저고리는 홈칠해 보였다.

이주사는 안채의 축담 앞에 서서 오팔문 씨를 불렀다.

"주인어른 저 좀 보실까요?"

오팔문 씨가 잠옷 바람으로 대청마루에 나서 보니 뜻밖에도 이주사가 말끔한 옷차림으로 축담 밑에 버티고 서서 자기를 빤히 올려다보는 것이었다. 오팔문 씨는 처음 만났을 때의 옷차림을 한 이주사를 보자 마음 짚이는 데가 있어 불룩한 배 밑의 사타구니에 찔렀던 손을 꺼내면서 물었다.

"웬일로?"

"새경을 주시오!"

이주사 말은 역시 짧았다. 아무런 설명도 없이 그 말뿐이었다.

"아, 그래. 주지. 그걸 받고 떠나는 건 아닐끼고…?"

오팔문 씨는 머슴 중의 상머슴인 이주사가 나가 버릴까 싶어 그의 말이 떨어지기 무섭게 새경 석 섬을 내주었다. 생각 같아서는 혼자 사는 주제에 새경이 뭐 필요 있겠나 싶어 한 십 년 눌러서 뭉그적거려 볼까 했는데, 그런 꿍심은 이주사의 당당한 태도에 질리고 말았다. 재산만 있을 뿐 무식했던 오팔문 씨는 처음부터 이주사를 떠돌이 인간 쯤으로 치부해 보긴 했으나 뭔가 달라보였고 만만찮은 사람으로 혼자 짐작했다. 방앗간의 원동기 손보는 일만 해도 그랬다. 전 같으면 도정하다 갑자기 멈춘 원동기를 고치려면 멀리 진주시까지 가서 기술자를 불러 와야 하고 거기에 오고가는 출장비에다 수리비를 합하면 그 비용이 만만찮았는데 이주사 덕분에 그런 염려는 접어 둘 수가 있었기 때문이었다.

새경 석 섬을 받은 이주사는 그날로 방앗간에서 도정한 쌀을 오고가며 들리는 쌀 도매상인에게 넘겼고 그 돈은 우체국에 가서 누구에겐가 송금 후 돌아왔다. 그러고는 오팔문 씨의 간곡한 청에 따라 지난날과 똑같이 사랑방에서 먹고 자며 일을 했다.

김향산이 기억하기로는 이주사가 오팔문 씨 집에 머문 지 삼 년째 되던 해에 서울로 왔고 그로부터 숙부의 환갑잔치에 다녀간 것이 칠 년이 지난해였으니 정확히 말해 꼭 십 년을 머슴살이를 한 셈이었다.

김향산이 숙부의 환갑잔치에, 그러니까 서울 온 후 십 년 만에 고향을 갔을 때였다. 숙부의 환갑잔치 참여 겸 미련 두고 떠났던 고향뿐 아니라 문득문득 생각나던 일가친척, 친구들, 그리고 이주사의 근황도 알고 싶어서였다.

이주사의 근황이야 양봉삼이 잘 알겠지만, 이주사의 깊은 속 사정은 숙부가 더 잘 알고 있을 거라 여겼다. 나이도 동배쯤 되었고 먹물 든 지식도 엇비슷해서 말 없는 가운데서도 두 사람 사이에는 상통하는 바가 있었든지 잦은 일은 아니지만 간간 단둘이서 만나 한두 잔의 술을 기울이는 처치였음을 김향산은 보아왔었다. 김향산의 숙부가 왜정 때 일본에 들어가 중학을 중퇴했다면, 이주사는 기호畿湖지방의 어느 중소도시에서 고등보통학교까지 졸업 후 시골 면장까지 했다는 말을 숙부에게서 들은바 있기 때문이다.

숙부의 환갑잔치를 하던 그날 잔치도 어지간히 끝나자 조락하는 늦가을 하루해가 서산으로 떨어졌고, 하객들이 다 돌아간 중방에서 석유불 밝힌 등잔 앞에서 김향산은 숙부와 단둘이 마주해서 앉았다.

"숙부님, 이주사가 안 보이네요? 혹시 그간 다른 곳으로 떠나지나 않았는지요…"

"그래, 떠났지."

"참으로 오래 머물렀구먼요. 십 년이나 됐으니. 헌데 어디로 간다든가요?"

"어디로 가다니, 저승으로 갔지."

"네…? 그럼, 세상을 떠났다 그 말씀인가요! 언제요?"

"올봄이었지. 작년 봄부터 우연히 앓아눕더니 통 일어나지 못하고 오팔문 씨 사랑방 구들장을 등지고 있다가 일 못 하고 신세만 질 수 없다며 이씨네 재실의 골방에서 혼자 기거했어. 내가 간혹 용방산에서 못자리할 풀을 베어오다가 풀지게 고여 놓고 들러보곤 했는데, 피골은 상접했어도 혼자 밥은 끓여 먹고 지낸다기에 별 탈은 없으려니 여겼지. 그런데 그로부터 며칠 안 되어 해거름에 자네 친구 봉삼이가 모내는 날 짬 봐서 못줄 잡아달라고 갔더니 쓰러져 가는 숨 할딱거리더니 이내 그 숨마저 멈추더라며, 언뜻 생각해 보니 송장 치워 줄 사람은 나 밖에 없을 것이라 싶어 달려 왔다더군."

"오팔문 씨는요? 그에게 먼저 알려야 했을 텐데…"

"때는 강남 제비 날아와 처마 끝에 집 짓고 복사꽃 피는 봄이라 오팔문은 아래 주막 춘심이와 상춘관광을 떠났던 때였어. 결국 봉삼이와 내가 둘이서, 입은 옷 그대로 거적에 말아서 내가 짊어지고 봉삼이는 괭이와 삽을 챙겨 뒤따르게 했지. 그날 밤이야말로 달빛은 요란하게 밝았지. 둘이서 가자실 공동묘지로 간 거야. 마침 얼마 전에 이장해 간 빈 못자리 하나가 있었어. 참으로 다행이었지. 둘이서 대충 흙을 파내고 이주사의 시체를 묻었어. 그래도 못봉 하나만은 선명하게 다독이고 그 못등과 둘레에는 근처의 잔디까지 몇 장 떠다가 입혔지. 그러고 나니 달도 서산에 기울고 찬 이슬이 땀과 함께 등 적삼을 적시더군."

"좋은 일 하셨네요. 자식들이야 있었겠지만, 연락할 길 없었으니 그야말로 무주공산에 무덤만 하나가 더 생겼군요."

"그래, 인생살이 화무십일홍花無十日紅이요, 낙화유수落花流水라 하지 않던가. 자식 있어 뭐하겠나. 어차피 혼자 왔다가 혼자 가는 몸. 뿐만 아니라 있고 없음 무슨 상관 있건노. 결코 비단옷에 옻칠한 관 아니면, 거적말이에 헌 옷 걸치고 흙 속에 묻히는 차이뿐이지."

이 정도로 김향산과 숙부와의 이야기는 끝이 났다. 하루 종일 화객들과 어울렸던 숙부는 피로했던지 자리에 몸을 뉘며 말했다.

"너도 내 옆에 눕거라. 새벽부터 내려오느라 좀 피곤하건노."

김향산도 숙부의 곁에 누워 잠을 청했지만 영 잠이 들지 않았다. 숙부는 몇 번 몸을 뒤채다가 이내 코를 고는 걸 봐 깊은 잠에 빠지는 듯했다.

김향산은 잔 듯 만 듯 그 한 밤을 보내고 조부님 산소에 성묘도 잊지 말라는 아버지의 당부대로 갈전 뒤의 선산을 둘러보고 곧장 서울로 되돌아온 것이었다.

* * *

모든 것이 세월 저편으로 사라져 버린 어언 육십 년!

김향산도 팔십 고개에 접어든 지금이다. 세월은 무정했다. 겨우 자식 키우고 교육시키며 식구들 호구지책 강구하고 살아오다 보니 일락서산의 황혼인생이 되고 만 것이지만, 후회도 미련도 없다 싶었고, 그저 귀소본능 때문인지 태어나고 자란 고향이 그리웠고, 고향 생각하다 보니 이주사나 봉삼의 기억이 떠올랐던 것이다.

눈 감아도 선연한 이주사도 이 세상 사람이 아니었고, 마지막까지 고향을 지키시던 숙부도 세상을 떠셨다. 유수 같은 무정세월! 그러기에 고향 친구며 친족 한 사람 언뜻 나서 반겨 줄 사람 있을 리 만무하다. 모두들 타처로 떠났거나 아니면 잊은 지가 오래일 테니 새삼 선뜻 나서 반겨 줄 자 어디 있으랴. 다만 유일하게 양덕오 씨 아들 봉삼 만이 탱자나무 울안에서 아직도 건재하며 반겨 줄 친구이기에 며칠 간이나마 머물며 지난 일 서로 되새김질 해 볼 수 있었던 것이, 고향땅 밟고 얻은 보람이었고 위로였다고나 할까.

김향산은 양봉삼의 집에 들려 그의 추녀 끝에서 잠시 인사부터 나누고 옛날처럼 선산을 찾아가 조부모 산소에 성묘한 후 인근의 숙부님 산소도 살폈다. 김향산의 형제들도 서울 근교 공원묘지에 부모를 모셨지만 벌초를 돈으로 대신 시켰고, 마찬가지로 숙부님의 산소도 종제들이 돈으로 대신한 벌초 덕분에 말끔하기는 했다. 하지만 후손이 찾지 못한 벌초가 무슨 소용이랴 싶었다. 평계 없는 무덤 없듯이 손수 벌초 못 한 평계 불효막심이라 돌아가신 분들에게 죄스러울 뿐이었다.

김향산이 선산을 돌아보고 양봉삼의 집에 들어섰을 때는 땅거미가 내리고 한두 개의 별이 자맥질을 할 때였다.

"뭘 그리 오래 있었나? 어서 들이게."

"조상 산소에 벌초 한 번 제대로 못 하는 주제가 부끄럽기만 해서."

"모두가 다 그래. 세상 따라 사는 거지. 할 수 있나?"

양봉삼의 처가 마련한 저녁상에 단 셋이서 둘러앉았다.

"차린 것 없으나 약주 드시면서 얘기 마니 나누이소."

그렇게 말하는 봉삼 처의 머리에도 백발이 켜켜로 얹혀 있었고, 숙부의 회갑 때 첫 대면했던 그때의 모습만은 남아 있었다. 갸름한 얼굴에 알맞은 체구를 지닌 양봉삼의 처는 이마에 굵고 가는 주름이 물결져 있었지만, 아직도 사슴 같이 순하고 예쁜 여인으로 인상 지어졌다.

"미안합니다. 이렇게 폐를 끼쳐서…"

"폐라칼 게 뭐 있실까요. 자식 키워 외지에 다 보내고 저희 내외만 오꼼하게 사니 적막강산 아임니꺼. 이렇게 찾아 주셨으니 얼마나 반가운지 모르겠네 예. 오신 김에 푹 쉬었다 가이소 예."

"다 세월 탓 아닙니까. 저 역시 그러고 사는 걸요."

김향산이 말했다.

이렇게 시작한 저녁 식사는 술잔과 더불어 이야기를 섞어가며 긴 시간을 보냈다.

어지간히도 밤이 기울자 양봉삼과 김향산은 모처럼 잠자리를 함께 해 나란히 누웠다.

둘 다 술은 그나했지만 정신은 되려 초롱초롱했다.

그때서야 이제까지 없었던 이주사 이야기를 김향산이 끄집어냈다.

"이주사가 그렇게 객사한 후 그의 무덤을 찾는 이가 아직 아무도 없었나?"

"있었지."

"누구였나? 내 숙부님 생전의 말씀에 의하면 십 년 동안 오팔문 씨의 집에서 받은 새경을 해마다 금융조합에서 환전해 우편국을 통해 어디론가 보내 주었다고 들은 적이…?"

"나도 자네 숙부와 함께 이주사를 공동묘지에 묻고 돌아오던 날 밤 처음 들은 이야기였지만, 이주사는 기호지방의 어느 중소도시에 살다 왔고 거기엔 아내와 아들 둘이 있었다는 거였어. 하지만 집을 떠나온 후 일절 자기 거처를 알려 주지 않았던 것은 그럴만한 사연이 있었던 거였어."

"무슨 사연이? 말해 보게. 궁금하군."

양봉삼이 벌떡 일어나 옆에 갖다 둔 물주전자의 물을 하얀 주발에 따라 몇 모금 마시고 있을 때 김향산도 함께 일어나 밖으로 나갔다.

"화장실 갈려나 본데 왼쪽 닭장 옆일세."

김향산이 문밖을 나서니 오늘도 달빛은 봄밤의 삼경이라 처연히도 빛났다.

얼른 소변을 보고 마당을 가로지르는데 멀리 바깥곱대에서 간간 개 짖는 소리가 들릴 뿐 사위는 죽은 듯 조용하다.

마당 끝 우물가에는 신작로에서도 보이던 낙락장수 행화가 고목이 되어 하늘을 찌를 듯 솟아있다. 어린 시절 소매 끝에 찬바람 드는 가을이면 새벽마다 남 먼저 일어나 행화목 밑 우물가에서 은행알을 줍던 기억을 새삼스럽게 떠올리며 잠자리로 다시 되돌아오자 몇 모금 물을 들이킨 양봉삼이 이주사에 관한 이야기를 들려주었다.

* * *

지금의 이주사인 이한주는 기호지방의 한 중소도시 변두리인 성산면에서 태어나고 자랐다. 거기서 고등보통학교를 나온 후 군청 산림계에 들어가 서기로 삼 년여를 근무했다. 그러다 주사로 승진돼 자기 고향의 면장으로 발령받았다. 이때부터 이한주는 면장도, 이한주도 아닌, '이주사'라 불려졌다. 그 해가 바로 일제가 진주만 공격으로 태평양전쟁을 일으킨 지 2년째 되던 해였다.

그날 따라 눈발이 어지간히 내리더니 정오를 넘기자 날씨가 포근해지면서 눈이 녹아내려 길바닥은 질척거렸다. 군청에서 공문이 내려왔다. 면장, 주재소장, 금융조합장, 국민학교장… 등의 연석회의를 한다는 통보였다.

질척이는 눈길을 걸어서 서너 시간. 이주사가 서둘러 군청 회의실에 도착하니 촌각도 지체 없이 달려온 기관장들은 이미 다 모여 있었다. 곧이어 군수와 경찰서장이 나란히 단 위에 착석했는데 군수가 먼저 일장 연설로 대일본군의 승전 소식과 군량미, 연료 조달 건을 지시했다.

"우리 대 일본제국은 진주만 공격 이후 영국의 전함을 말레이

반도 해전에서 격침 시키고 말레이반도, 필리핀, 싱가포르 등을 점령하고 영국 극동군의 항복도 받았소. 그뿐만 아니고 가는 곳마다 승승장구하는 바 마닐라, 수마트라, 자바와 함께 네델란드군 까지 항복시켰다는 승전보요. 이 중차대한 시기에 여러분들은 군량미 확보를 위한 공출 독려와 연료 조달을 위해 관솔 기름 배정량 확보에 차질이 없도록 해주시오."

일본인 나까무라 군수는 그런 지시와 명령을 천황폐하 이름으로 내린다고 말했다.

경찰서장도 사상범 체포에 협조하라는 말을 덧붙인 지시뿐이었다.

"군량미 확보는 현재로서는 조선인의 보국 제1위다. 그럼에도 불구하고 공출을 피해 볏가마를 땅속에 묻거나 거름더미 속에 감추는 일이 있다 하니 그 점 유의하여 색출해 주시고, 암암리에 반일, 저항 운동을 하는 자들이 있음도 명심하여 의심되는 자는 즉각 신고해 주시기 바라오! 이상."

장내는 조용했다. 회의 내용은 그것만으로 끝났다. 전쟁도 막바지에 이르렀다는 뉘앙스를 맡기에는 그리 어렵지 않았다. 참석한 기관장들은 주재소장들을 제외하고는 모두가 조선사람이어서 그랬는지는 모르겠으나 아무 내색을 하지 않았다.

그로부터 매일 같이 면서기들과 주재소 순사들은 공출을 피해 양곡을 숨겨 둘만 한 곳을 찾아가 대창을 찔러서 찾아내곤 했다.

그래서 숨겨 둔 볏가마니를 찾아내기만 하면 농민들은 대창에 실컷 두들겨 맞고 주재소로 끌려가 곤혹을 치른 다음 돌아오곤 했다.

이주사는 면장이 된 후 하루도 면민들의 원성을 안 듣는 날이 없었다.

"일본 놈 밑에 주사 벼슬 하나 얻어 걸치더니 뼈 굵히고 같이 살아온 면민들만 잡는구나. 왜 하필이면 강철석이 같은 악질 친일파 놈만 골라 보내서 거름자리, 짚동 뒤지는 게야 있을 수 있다 치더라도, 방바닥 죽석 뒤집고, 부엌의 고래까지 쑤셔 보는 놈을 골라 보내는 기여! 그짓이 우리 면민 출신 면장이 할 짓인기여! 구정물에 튀길 놈!"

그런 욕을 바가지로 먹었지만 어떤 방도가 없었다. 군수의 심복인 해주 출신 서기 강철석의 횡포를 막을 재주가 면장 이주사에겐 없었다.

1944년도가 저물어 가고 있었다. 미군 폭격기 B29가 날마다 일본 본토를 폭격한다는 소문이 꼬리를 물고 이주사의 귀에까지 들려왔다. 사흘이 멀다 하고 군청 회의는 잦았다.

가는 곳마다 면민들은 이주사의 뒷꼭지에다 주먹총을 놓기도 하고 대놓고 원망하는 이도 있었다. 이주사는 참다못해 강철석을 조용히 타일렀다.

"아무리 책임이 있다 해도 부엌 쑤시고 안방 이부자리 거두어

볼 것까지야 있나? 따지고 보면 같은 조선인이고 한핏줄 아닌가. 면민들도 먹고는 살아야지."

그 말이 끝나기도 전에 강철석은 소리쳤다,

"민나 도로보! 오마이와 난데스까?(모두 도둑놈들이다. 당신이 뭐냐!)"

서기 강철석은 평소 일본말을 유창히도 잘 했다. 그래서 군수의 심복이었고 친일의 선봉에는 늘 그가 빠지는 데가 없었다.

이주사는 자기도 모르게 피가 거꾸로 치솟았다. 있는 힘을 다해 강철석의 뺨을 후려쳤다.

"맞다, 니놈은 조선사람이 아니고 왜놈의 충견이다. 아니 개만도 못한 놈이다!"

얼마나 팔에 힘을 주어 때렸는지 강철석의 코에서 붉은 피가 튀겼다.

이주사는 그런 일로 군수의 호출이 있기 전에 입고 있던 당고바지를 벗어 던지고 행방을 감추어 버렸다.

이주사가 떠나 공석이 된 면장 자리는 강철석이 주사로 승진되어 교체되었다.

이주사의 단 한 대의 뺨과 바꾼 강철석의 면장 권한 행사는 성산면 지각을 변동시킬 만큼 입김이 세졌다. 면 직원을 총동원하다시피 해서 날마다 볏가마니를 찾아내고 생소나무까지 베어다 송진 기름을 짜게 했다. 1945년 봄부터는 자진해서 모범을 보이겠다며 군수물자 조달을 위해 각 호구마다 다니며 놋숟가락, 반지, 놋그릇, 놋요강, 심지어 농기구인 갱이, 호미, 쇠스랑까지 강제 수거하는데 군 전체에서 1위의 실적을 올렸다. 그런 사실은 일본의 요미우리신문에 짤막한 기사로도 실렸다.

〈보국의 선구자 조선인의 미담〉기사였다.

그리하여 강철석은 군수 표창에서 조선총독의 보국훈장까지 받았다.

그로 해서 강철석은 군청 내무과장으로 특진 됐다. 그런데 '인간만사 새옹지마'다.

출세 가도가 환히 열린 강철석은 지프를 타고 각 면을 순시하던 중이었다.

그때가 바로 1945년 8월 15일 정오였다. 일본 천황의 떨리는 목소리가 라디오 전파를 타고 강철석의 귀를 파고 들었다.

강철석에게는 청천벽력이었다.

"이게 무슨 생쥐 씻나락 까먹는 소리냐?"

강철석이 황급히 군청으로 되돌아와 보니 모두가 일에 손 놓고 허탈에 빠져 있었다. 그중 동작 빠른 군 직원은 이미 자리를 비우고 없었다.

강철석도 가만히 생각해 보니 우물거리고 있을 때가 아니란 생각이 들었다. 그도 군청 마당에 세워 뒀던 지프를 타고 어디론가 사라졌다.

광복의 물결은 날마다 펄럭이는 태극기와 더불어 이 나라 방방곡곡을 흥분의 도가니로 몰아넣었다. 광복의 환희는 우리 국민 누구에게나 같았고 한마음이었다. 그러던 것이 시간이 지남에 따라 좌와 우의 두 진영이 생기고, 국토는 38선으로 남북이 갈라졌다. 그러다가 1948년 남한만의 총선에서 자유당이 정권 잡고 이승만이 대통령이 되었을 무렵에는 좌의 세력은 꺾여 월북하거나 산으로 잠적해 버렸다.

이 시기에 애국치안대라는 유령단체를 결성하고, 자칭 치안대 군당부 단장이란 이름으로 강철석의 얼굴이 비쳤다. 일본 천황의 떨리는 목소리와 함께 잠시 자취를 감췄던 강철석이 얼마 전만 해도 좌익계 군당부 선전부장이었는데, 이번에는 발 빠르게도 자수 전향해 우익계 치안대 군당부 단장이 된 것이었다.

"이 쌔끼 바른대로 말해! 친일파에 빨갱이 놈아!"

왜정 말기 기관장 회의를 자주 열던 군청 회의실 마룻바닥 바로 그 자리에다 이주사를 끌어와 무릎 꿇린 강철석은 구구식 장총까지 의좌 옆에 비스듬히 기대 놓고 소리쳤다. 소리치는 강철석의 낯빛은 살기와 더불어 "이 개새끼, 개보다 못한 놈!" 하고 이주사가 그의 뺨을 갈겼을 때의 강철석의 낯빛과 똑같은 독기가 올라 있었다.

이주사는 강철석에게 뺨을 후려친 그 길로 어느 이름 모를 절간에 은신해 있다가 해방이 된 이듬해 귀가해서 두문불출 세상과 등지고 농사에만 묻혔다. 해방의 기쁨, 좌익의 세상, 우익의 득세로 세상은 뒤집히기를 반복했지만 이주사는 세상에 나서지 않았다. 그런 그를 어느 하루 새벽잠에서 채 깨기도 전에 강철석이 청년 한 명을 데리고 불쑥 나타나 끌고 간 것이었다. 이주사는 어간이 막혀 무릎 꿇린 채로 강철석의 얼굴을 올려다보았다.

강철석은 이를 부드득 갈더니 옆에 있던 구구식 장총 개머리판으로 이주사를 후려쳤다. 이주사는 단번에 꼬꾸라지며 강철석이 그랬던 것처럼 입에서 진홍색 피를 토했다.

"끌어내!"

강철석이 소리치자 옆에서 지켜 섰던 청년 두 명이 쓰러진 이주사를 업고 그의 집으로 돌려보냈다.

이주사는 사흘을 굴신 못 하고 누웠다가 일어나 앉았다. 아내가 끓여 주는 흰죽 한 사발을 마신 후, 손가락이 으스러지도록 두 주먹을 쥐고 밖을 나섰다. 칠흑의 어둠은 가는 길을 더듬어야 했다. 강철석의 집은 시오리가 넘는 청수마을에 있었다. 콧구멍에 찬바람이 일 정도로 단숨에 달려간 이주사는 평소 알 만큼 알아 두었던 강철석의 방에 들어섰다.

호롱불 앞에서 무슨 서류를 들춰보고 있던 강철석은 깜짝 놀라 앉은 채로 뒷걸음질을 쳤다.

"강철석! 내가 친일파고 빨갱이면, 너는 친일파의 원조이고 빨갱이의 오야붕이 아니었나! 그래 지금은 사람 잡는 치안대 군당부 단장!"

이주사는 손에 쥔 낫으로 강철석의 육체 어느 곳을 분별 않고 휘둘러 난자했다. 그런 후 시오릿길을 되돌아와 아내에게만 말했다.

"자식 둘 잘 부탁하오. 나를 찾을 생각 마시오."

그 말만 남기고 그 길로 발끝 가는 대로, 경향 없이, 사람을 피해 흘러온 것이 이곳에 와 오팔문의 집에 눌어붙어 한 십 년 보낸 것이었다.

* * *

"참으로 기막힌 사연이 있었군. 사람이면 누구나 시세 따라 부침하고 명멸하는 삶의 질곡을 살아가기 마련이겠지만, 이주사도 예외 없이 그렇게 살다가 끝내는 외롭게 떠나 임자 없는 무덤에 묻히고야 말았네. 사람의 삶이 그래서 허무한 거던가."

양봉삼이로부터 긴 이야기를 듣고 있던 김향산은 한숨을 쉬며 말했다.

"그 임자 없던 무덤에 임자가 나타난 거였지."

"음, 그랬다고 했지?"

"하모(그래). 몇 해 전이었어. 어느 날 해 질 녘에 고급 승용차에서 내린 오십 대쯤 돼 보이는 두 사람은 양봉삼을 찾기에 만났지. 그랬더니 무척 반가워하며 어디 가서 약주대접 겸 물어볼 말이 있다더군. 날이 저문 데 어딜 갈 형편이 못되어 지금 이 방에 들였던 거야. 그런데 그들이 바로 이주사의 아들이었어."

"임자 없던 무덤의 주인은 그제서야 나타났던 게로군."

"그랬지. 명함을 받고 보니 한 사람은 중앙부처의 고급 관리였고, 한 사람은 중견 기업가였어. 그들은 부친의 행방을 수소문하던 끝에 여기까지 왔고 자네 숙부님이나 오팔문 씨도 세상을 뜬 후라 나많은 이라곤 나뿐이었어. 그래서 그들에게 내가 듣고 아는 대로 이주사의 이야기를 해준 거지. 이 방에서 자고 다음 날 묘소까지 안내도 해 주었다네."

"그들은 진심으로 고마워했겠군."

"물론이었어, 돌아갈 때 선물도 두둑이 주고 갔어. 다 자네 숙부님이 받아야 할 대접을 내가 대신한 것 같아 미안하이."

"그거야 뭐. 함께 한 수고였는데. 헌데 그 후로 어버이 묘소에 자주 오던가?"

"오고말고. 성묘하러 올 때마다 나를 들여다보곤 해서 다 알게 되었지. 그들은 성묘뿐만 아니라 묘역도 잘 가꾸었고, 석물도 잘 해 놓았더군. 살아서 못한 효 한이 된다면서."

"죽고 나서 제사 모시고 성묘한들 무슨 소용 있어. 살아서 식은 죽 한 그릇 대접함만도 못한걸. 자네 자식들은 안 그런지 모르겠으나 나 역시 자식 며느리 일 년 가야 코 끄트머리 보기 힘들지. 자식들 공부 많이 시켜 준 놈치고 어디 부모 거천하는 것 보았는가. 교수, 박사 되면 바쁘다는 핑계 널어 놓을 뿐이지."

김향산은 평소 자식들에게 품은 불만을 양봉삼 앞에 털어놓았다.

"나라고 다를 게 뭐 있건노. 막말로 하자면 간간 전화해서 죽었나 살았나 확인이나 해 볼 뿐이지. 아마 어느 누구나 자식 둔 노년의 부모 처지 똑같을 거야. 그런 세상이 바로 우리가 처한 시대를 살아가는 세상이 아니겠는가."

둘은 그런 이야기를 해 놓고 함께 한숨을 쉬었다.

"그런데 이주사의 자식은 달랐어. 마치 이주사 삶의 정신을 받아서였는지, 아니면 이주사의 묏자리가 명당이어서 그런지는 알 수 없으나 요즈음 세상에 보기 드문 자식들이었어."

"어떤 점이 그러했나?"

"자식 둘 다 출세해서 잘 사는 것도 그러하거니와 부친의 시신을 수습해 묻어 준 그 은공에 보답하겠다고 공동묘지 곁에 장례식장을 마련했어. 그리하여 이곳 면민 모두에게 무료사용케 하였거던."

"그것참 드문 일이군."

"밤이 꽤 깊었군. 안구가 많이도 텁텁해 지네. 이제 눈 좀 붙일까."

"그러세."

도란도란 들리던 두 사람 이야기가 멈춰지더니 이내 잠 속으로 빨려들었다.

다음 날 김향산이 귀경하려 하자 양봉삼 내외가 한사코 붙들어 매다시피 해 사흘을 더 머물다 길을 나서며 물었다.

"나도 고향에 내려와 자네처럼 살아 볼까 생각하고 있는데…"

"나야, 만 번을 환영할 일이겠네만, 와서 살아 보면 생각과는 다를 걸세."

"뭐가?"

"정차석과 서판덕을 잘 알지?"

"그래, 알지. 정차석은 반도그룹 전무였고, 서판덕은 대현건설 부사장으로 있던 친구였지."

"두 사람 모두 퇴직 후 고향에 돌아와 새집까지 짓고 살았지만 얼마 못 가 되돌아갔어."

"그건 왜 또?"

"고향에 와 텃밭 가꾸며 고향 선후배들과 일가친척 한데 어울려 살겠거니 여겼지만 그게 뜻대로 되지 못했어. 고향을 그렇게 얕잡아 본 것부터가 실수였어. 언제는 버리고 떠났던 고향을 외지에서 돈푼깨나 벌었다고 고향 찾아왔느냐고 배 아파 못 견디는 것이 요즘 고향 인심이라 날이 갈수록 배타심은 커져 왕따를 당한 거야. 아무리 술 사주고 밥 사줘도 그건 별개였어. 고향도 옛 고향이 아닐세. 세월 흐름에 변한 것이 어디 인심뿐이겠나. 시

대가 변하고, 세상도 변하고, 환경도 달라졌지. 자네 귀향 문제
는…"

김향산은 휴— 하고 한숨 한 번 땅이 꺼지라 쉬었다. '나 역시
육십 년을 타향인 서울에 살면서 고향을 위해 한 일 뭐 하나 있었
든가! 그래 놓고 이제 와서 고향 찾은들 누가 반겨 맞을 건가!' 이
런 생각을 하며 고개를 돌린 채로 말했다.

"알겠네."

버스가 고랭이들 들머리 정류장에 와서 섰다.

귀경하기 위해 버스에 오른 김향산은 양봉삼 내외가 손을 흔
들자 자기도 손을 흔들어줬다.

김향산은 좌석에 앉아 아스라이 멀어져 가는 고향 마을을 무
심히 바라보고 있다가 갑자기 들리는 노랫소리에 고개를 돌렸다.

운전기사 머리 위에 걸린 TV에서 나오는 '고향무정'이란 흘러
간 옛노래였다.

"찾아갈 고오슨 모옷되더라 내고오향/버리이고 떠나난 고오
향이길래—/복사아 꽃 그어림자아 같이/내고오향 꿈만 어린다
아—."

'아… 무정세월.'

김향산은 탄식과 함께 자기도 모르게 퇴색된 세월만큼이나 인
생무상을 되뇌고 있었다.

안개 속으로

남한강과 북한강이 만나는 두물머리는 양평군 서종면에 속하는 양수리에 있다. 청평 쪽에서 도도히 흘러오는 북한강의 물줄기가 대성리의 요트장을 거쳐 이곳 양수리에 이르고, 충주호에서 흘러내려 양평대교를 빠져나와 양수리에서 합류하게 되는 남한강은 양평읍을 지나면서부터 산자락과 강기슭 따라 세워진 수십, 수백 개의 교각을 부딪치고, 피하고, 밀치면서 누수 되어 천천히 흘러서 마치 두 강이 점잖게 예절을 갖춘 듯 서로 만나는 양수리 합수머리는 흡사 바다와도 같은 대하를 이루면서 명실상부한 한강을 생성하는 곳이기도 하다.

　　그래서 양수리는 사계절을 통해 안개가 잦기로 유명하다. 더구나 팔당댐으로 인한 유수의 정체 현상은 안개를 피워 올리는 데 일조를 해서 양수대교에서 시작된 안개는 국수리를 지나 양평

읍에 다다를 때까지 지척을 분간 못 하게 피어오르는 때가 많다. 피어오르는 물안개는 어찌 보면 아름다운 풍경일 수도 있겠지만, 크고 작은 사건, 사고들이 안개로 인하여 빈번히 일어난다. 그렇게 일어난 사건, 사고들은 나름대로의 각기 다른 사연들을 간직한 채 짙은 안개 속으로, 혹은 유유히 흐르는 강물과 함께 묻히고 잠겨져 소멸돼 버리기 예사였다.

소영이와 창수 역시 우연히든 필연이든 그들의 삶을 이 안개 속에 묻고 말았다. 한때 가없는 세례(洗禮–몰아치는 비난의 공격)도 가뭇없이 소멸되건만 퇴색된 시간 속에서도 이들의 이야기가 후일담으로 남아 뜬금없이 회자되면서 지금도 유장하게 흐르는 강물과 짙은 안개 속에서 사라졌다 싶으면 다시 떠돌기도 한다.

* * *

그날도 구월을 접어들면서 북한강과 남한강이 합류하는 두물머리는 이틀이 멀다 하고 우윳빛 물안개가 햇살을 가리고 장엄하게 천지를 뒤덮고 있었다. 두 강의 합수머리는 거대한 호수만큼이나 넓은 수면으로 짙은 물안개를 뚫고 강물은 소리 없이, 그리고 천천히 흐르고 있었다.

그렇게 안개 낀 강물 위로 왕복 4차선의 양수대교가 놓여있다.

양수대교가 끝나자마자 마치 여인의 다리같이 미끈하게 뻗은 직선의 교각을 받침 해서 강기슭으로 이어지는 편도 2차선의 다릿길은 길길이 뻗어 양평 가까이 가서야 끝이 난다.

이 길을 오늘도 우윳빛 안개는 장엄하게도 지척을 분간 못 하도록 잔뜩 끼어있었다. 그 안개 밑으로 강물은 쉬임 없이 흐르는데.

* * *

지금 막 택시에서 내린 소영은 양수대교가 끝나는 지점에서 국수리 쪽으로 걸어가면서 물안개와 함께 흘러가는 강물을 내려다보며 걸었다. 물기 서린 은빛 가드레일에 한 손을 짚어가며 힘없는 발길을 옮겨 놓았다. 몸을 휘청거리며 걷는 그녀의 발걸음엔 어딘지 모를 허탈과 고뇌와 분노가 함께 뒤엉켜 흔들거렸다. 얼룩진 삶의 무늬는 이슬비처럼 내리는 안개와 범벅이 되어 그녀의 몸을 휘감고 적셨다.

안개로 인하여 가시거리가 짧은 다릿길을 전조등을 켜고 달리는 승용차가 간간이 지나간다.

소영은 잠시 멈추어 안개가 피어오르는 강물을 내려다보며 중얼거렸다.

'이 세상에 태어나지 않았던 것으로 생각해야지. 내가 이 세상

에 살았던 그 자취도 강물과 안개는 덮어 주리라.'

소영이 은회색 가드레일을 넘어 강물에 뛰어들려는 순간이었다.

"빠아―앙, 빠아―앙―――!"

자동차의 경적이 연속 울렸다. 소영은 눈부시게 쏘아대는 자동차의 헤드라이트를 바라보며 잠시 행동을 멈추었을 때 경찰관 두 명이 달려와 소영을 난간으로부터 분리시켰다.

"청춘이 만 리 같은 이가 뭐 하는 짓이여!"

소영은 잠시 몸부림을 치다가 경찰관에 끌려 인근 파출소로 갔다.

나이깨나 들어 뵈는 경찰관은 소영을 의자에 앉힌 후 따뜻한 찻물을 건네며 말했다.

"물어보나 마나 거기서 투신자살을 할 모양이었는가 본데, 따끈한 차나 한 컵 들고 흥분을 가라앉힌 뒤 그 사연이나 들어 봅시다. 자살하리라는 것을 어떻게 잘 아느냐고? 바로 그 장소가 투신자살의 명소?란 말이여. 그래서 오늘 아침나절처럼 안개가 짙는 날은 긴장하지 않을 수가 없거던. 투신자살이 월 평균 한두 건이라야 말이지. 인간의 생명처럼 귀한 것이 없는데… 이런 날은 한시도 맘 놓고 일을 볼 수가 있어야 말이지. 제길헐! 그렇다고 도로나 강줄기를 딴 곳으로 돌릴 수도 없고."

투덜거리던 경찰관은 한나절이 다 돼서야 안개가 걷히면서 눈부신 햇살과 더불어 쾌청한 날씨를 보이자 눈을 감고 조는 듯이 벤치에 앉아 있는 소영을 불러 마주 보며 앉았다.

"벌써 가을도 중턱에 왔군, 단풍은 붉게 물들고, 강물은 저다지도 푸른걸 보니. 시가 절로 떠오르는 계절 이것만… 그건 그렇고 어째서 자살을 하려고 했소?"

소영은 고개를 숙인 채 대답을 하지 않았다.

"말하기가 뭣하면 간단하게 서면 진술을 해 주시오."

경찰관이 내민 백지 한 장과 볼펜을 받아 쥔 소영은 잠시 머뭇거리다가 쓰기 시작했다.

소영이 써 놓은 요지는 대략 다음과 같았다.

* * *

소영은 유복녀다. 그래서 아버지가 누구인지 모른다. 어쩌다 물어도 어머니는 한 번도 대답해 주지 않았다. 어머니는 시장 들머리의 난전에서 콩나물 장사를 하며 생계를 꾸려갔다. 간혹 불러주는 식당이 있으면 일당으로 나가 일도 했다. 딸 하나에 목숨을 걸다시피 해서 사는 어머니처럼 보였다. 그 덕으로 소영은 대학을 졸업할 수 있었다.

소영에게는 고삼(高3) 때부터 사귄 남자 친구였던 상수가 있었다. 부모도 없이 외조모 밑에서 자란 상수였다. 서로 처지가 비슷해 집에 자주 데려오면 어머니는 친아들처럼 반겼다. 오 년이란 시간은 뗄 수 없는 관계가 되었고, 끈끈하게 맺어진 정은 어머니로 하여금 소영의 배필로 여기게 만들었다. 소영이 졸업과 동시에 A항공사에 공채로 합격이 되었고, 상수 또한 K그룹에 공채합격의 영광을 안았다.

소영의 어머니도, 상수의 외조모도 춤을 출 듯이 기쁨을 감추지 못했다. 입사를 앞두고 둘은 설악산 등산을 갔다. 대청봉 민박집에서 하룻밤 자고 다음 날 귀가할 예정으로 하산을 하던 중이었다. 때아닌 폭우가 쏟아졌다. 순간적으로 밀어닥친 계곡물에 둘은 변을 당했다. 구사일생으로 소영은 깨어났지만 상수는 끝내 숨을 거두고 말았다. 상수의 주검은 소영의 어머니와 상수의 외조모에게 크나큰 상처와 절망을 안겨 주었다.

우연찮게 불의의 사고를 당한 두 사람으로 인해 소영 어머니의 충격은 그녀가 이 세상과 이별하는 데 그리 오랜 시간이 걸리지 않았다. 상수의 외조모도 그 후 노환 때문에 돌아가신 것이 아니라는 것도 소영이 알았을 때는 소영도 혼자만 남아 있어야 할 의미를 이미 상실하고 말았다.

한꺼번에 들이닥친 세 사람의 사별 앞에 무성해만 지는 슬픔과 칼로 오려내는 아픔과 공포는 소영을 여지없이 허물어뜨렸다.

그녀에게 하루하루의 시간은 빛이 거두어진 어둠만으로 채색되었다.

그리하여 소영은 주검을 택한 것이었다. 그랬는데…?

이렇게 기록된 소영의 자술서를 들여다보던 경찰관은 휴— 하고 길게 한숨을 쉬면서 소영을 바라보며 말했다.

"아무리 그렇더라도 청춘이 만 리 같은 젊은이가 그러면 못 쓰지. 뭐라싸도 저승보다 이승이 낫다고들 하던데…"

무궁화 꽃을 단 계급장으로 봐서 경찰 간부라 그런지 소영의 처지를 흔히 있는 사건으로 넘기지 않고 고뇌에 빠진 소영의 처지를 이해하려는 모습이 역력했다.

더운 찻물을 주고, 위로의 말을 건네고, 그러더니 물었다.

"집에 돌아가면 내일이라도 직장에 나가야지?"

"직장도 이미 다른 사람으로 채워졌겠지요."

나이가 지긋한 간부는 잠시 눈을 감고 생각하더니 무엇이 생각난 듯 말했다.

"그러면 오늘은 여기 순찰대에서 보내고 내일 소개 한 곳 해줄 테니 한 번 가 볼 텐가?"

그다음 날로 찾아간 곳이 파출소에서 그리 멀지 않은 〈양지복지원〉이었다.

관리업무와 요양사 보조로 근무하게 된 소영은 침식을 그곳에서 하며 세상을 잊고 삼 년을 보냈다. 그녀는 간혹 외출이라도 하는 날이면 파출소의 이 소장을 찾아와 놀다 가곤 하였다. 이 소장이 마치 아버지처럼 여겨졌기 때문이다.

＊ ＊ ＊

어느 날이었다.

파출소에 왔다가 돌아가는 길이었다. 양수대교가 끝나고 국수리 쪽으로 뻗은 다릿길, 소영이 3년 전에 투신자살을 하려고 은빛 가드레일에 발을 놀려 놓았던 바로 그 곳에서 한 청년이 강물로 뛰어들려는 순간이었다.

"여보세요! 여보세요! 잠깐만요!"

소영은 자기도 모르게 달려가 그 청년을 마구 잡아끌었다.

갑자기 한 여자로부터 끌어당긴 청년은 황소 눈망울로 알 수 없는 여인을 응시했다.

여인의 가느다란 팔뚝에서 어찌하여 그런 힘이 솟구치는지 알 수 없었다. 청년은 여인의 팔에 끌려 국도변을 벗어나 한갓진 장소에 나란히 섰다. 짙은 안개는 점차 사라지고 눈부신 햇살이 퍼지기 시작했다.

"어떤 사연이 있는지는 모르겠으나 이미 죽은 셈 치고 다시 출발해 보자구, 응?!"

둘은 조용히 서로를 훑어보았다. 청년도 소영의 나이와 비슷했다.

"나는 임소영이에요."

"아, 아— 그래요. 김창숩니다."

창수가 멋쩍게 대답했다.

"나도 그런 경험이 있었어요. 그래서 주검이란 게 지금도 두렵게 생각하지 않아요. 산다는 것이나 죽는다는 것은 둘 다 별것이 아니라 여겨져서 말이오. 어차피 인생은 천 년이고 만 년을 사는 게 아니니까. 이왕 이 세상에 태어난 이상 끝까지 살아 보자는 거에요."

창수는 소영을 뚫어지게 건너다보다가 자신을 추슬렀다. 자신의 몰골이 너무나 초라했다.

창수는 자신과 소영을 번갈아 살피다가 소영으로부터 뭔지 모를 감성이 한 줌의 빛살로 다가오는 것을 느꼈다.

소영도 창수의 눈빛에서 절망과 희망이 교차되면서 그의 얼굴을 덮었던 암울한 그늘이 지워져 감을 직감했다.

"—그렇게 사는 게지요?"

창수는 한참 소영을 바라보다가 고개만 끄덕였다.

"배가 고픈데, 참, 창수도 뭘 좀 먹어얄 것 아냐?"

둘은 더 말하지 않고 묵묵히 걸어갔다.

국수리 쪽으로 길게 뻗어간 왕복 4차선 국도를 따라 나란히 걸었다.

걸어가면서 식사를 할 만한 음식점을 찾고 있었다.

얼마 가지 않아 등산객들이나 들렀다 가는 허수룩한 음식점에 들려 칼국수를 먹고 나니 둘 다 시장기가 가고 한층 기운이 솟았다.

"이왕 이렇게 된 바에야 이 길이 끝나는 데까지 한번 가 볼까?"

"그래, 이 길의 끝까지—"

둘은 금시 서로 말을 텄다. 상호도 그르칠 게 뭣이 있으랴.

음식점을 나온 두 사람은 마침 정차한 버스에 올랐다.

버스의 종착지가 어디이든 상관하지 않았다.

차창 밖으로 흐르는 풍경은 노랗고 빨간 단풍의 일색이었다. 둘은 별다른 대화 없이 의자에 기대어 졸기도 하고 눈이 뜨이면 까칠한 목을 음료수로 추겼다. 거의 해 질 녘에야 강릉에 도착했다. 민박집에 방 하나를 얻어 놓고 해변으로 나갔다. 길길이 펼쳐진 모래사장 위를 나란히 거닐었다. 잔잔한 바다 위에서 그리 높지 않은 파도가 살짝 밀려 왔다가 모래사장 위에서 촤르르 소리를 내고 부서진다.

"파도가 밀려왔다 부서지는 것을 보니까 문득 고등학교 시절에 읽었던 일본작가 나마모도유조의 「파도」라는 소설이 생각나네."

소영의 말에 창수가 말을 받았다.

"나도 그 무렵 읽은 기억이 나. 주인공 고스께가 백사장에 누워 그의 아들 스스무짱에게 모래로 전신을 덮어 달라고 한 마지막 장면이 퍽 감동적이었지. 다리를 저는 장애인의 운명을 아들에게는 물려 주지 않겠다고 발버둥쳤지만 결국 스스무짱도 다리를 절게 되는 운명을 피할 수 없게 된다는 거였지.”

"그랬구나. 나도 파도가 몇천 년, 몇만 년 전부터 저렇게 철썩였고, 지금도 저렇게 반복하는 것처럼 인간의 삶도 파도의 운명이나 마찬가지라는 장면의 글에서 무척 공감을 한 적이 있었어. 부서지고 사라지면 또 밀려와서 부딪고 사라지기를 반복하게 되는 파도처럼 우리 인간 삶도 천 년전이나 만 년전에 태어나서 죽고, 죽고 나면 다시 태어나기를 반복하는 것이 마치 파도 같은 운명일 거란 생각이었어. 우리도 아무리 그 운명을 벗어나려 해도 불가능할지 몰라.”

"그래, 우리도 그 운명에 맡기고 살 수밖에. 소영이나 나도 우리 마음대로 되는 것이 아니지 않던가. 자살하는 것도 당사자의 의지에 의한 것이 못되고 운명에 맡겨야만 되는 모양이야.”

이렇게 이야기를 나누는 동안 두 사람은 굳어만 있던 표정도 풀리고 마음까지도 점차 평온해지기 시작했다.

바다 위에는 먼 수평선 쪽으로부터 황금색 낙조를 받아 금모래 같은 빛살이 반짝거리기 시작했다. 둘은 길다란 그림자를 모래사장 위에 뉘어 놓고 동해바다 저 멀리 수평선에 깔린 낙조를 보다가 숙소로 돌아왔다.

마음 좋아 보이는 주인아주머니가 들여다 주는 저녁상에 마주 앉아 소주잔을 부딪쳐 가며 식사를 했다.

술을 몇 잔 돌린 다음 소영이 3년 전에 자살을 하려 했던 사실을 들려주자 창수도 이때까지 함구했던 자살하려던 동기를 간단히 털어놓았다.

"어머니가 암으로 세상 떠난 후 아버지는 곧 재혼을 했지. 그런데 아버지마저 뇌경색으로 쓰러져 약 반 년간 병원에서 치료를 받다가 돌아가시자 재혼한 어머니는 자기 친자식과 살겠다고 홀쩍 떠나버린 거야. 법대를 나와 계속 사법고시를 준비 중이던 나는 그제서야 혼자임을 알고 정신을 차려 아버지의 재산 상속을 챙겨 보았지만 아무것도 없었어. 재혼한 어머니가 죄다 갖고 떠나버렸으니까. 한 푼 없는 빈털털이가 된 나는 잠잘 곳도, 먹을 것도 없어졌어. 그런 처지에 어떻게 살아."

여기까지 듣고 있던 소영도 입을 다물지 못하고 한참이나 숨을 죽이고 있었다.

"자, 한 잔 더 꺾어!"

창수는 술잔을 받아 단숨에 들이키고는 스스로 술을 따라 연거푸 들이켰다.

"이제 그만 해. 그리 절망하지 말어. 과거지사는 이미 엎질러진 물이야. 죽은 거로 접어두고 살아 보는 거야. 가진 것 없다고 다 죽는 건 아니잖아. 아예 너, 나 없이 태어날 때도 맨손이었잖니. 하던 공부를 계속해."

"어떻게?"

"생활비는 내가 어떻게 해서라도 마련할 테니 너는 하던 공부를 계속해. 사법고시에 패스만 하게 되면 문제는 해결되지 않겠어! 어차피 우리 인생 덤으로 살기를 작정했으니 우리 둘은 부담 없이 살자 그 말이야."

창수는 한참 동안 소영을 건너다보다가 무거운 입을 열었다.

"그렇게 할 수 있겠어?"

창수의 두 번째 물음에 소영은 거침없이 대답했다.

"못할 게 뭐 있겠어. 하겠어. 이런 인연도 어떤 운명이 이미 점지해 두었던 것인지도 몰라."

소영이 창수에게 손을 내밀었다. 창수도 소영의 손을 꼭 잡았다.

그들은 절망과 암울함을 털고 훨훨 타오르는 열정을 갖고 새 출발을 하기로 다짐했다. 다시 술 한 잔씩을 비웠다. 밤이 꽤 깊은 듯했다. 파도소리가 간간이 들려왔다.

모든 과거를 다 묻어버리고 새 출발을 다짐하며 다시 술잔을 부딪쳤다.

"브라보!"

상을 밀쳐놓고 둘은 나란히 옷을 입은 채로 누웠다.

가을 문턱에 접어든 밤 기온이지만 덥지도 춥지도 않아 방바닥에 등을 대기가 바쁘게 둘 다 깊은 잠에 빠졌다.

둘은 그다음 날로 서울로 돌아왔다. 그동안 소영이 양지복지원에서 받은 월급으로 사글셋방을 얻어 새로운 삶을 시작했다.

말죽거리에서 성남 가는 길을 가다가 꽃시장 옆 골목으로 들어가 한갓진 단독 주택 지하방을 얻어 놓고 보니 참으로 조용했다. 작은 방 두 개에 부엌 따로 있어 소영이 가진 돈으로는 딱 들어맞았다. 넓은 방 하나 있는 것을 얻을까 하다가 아무래도 창수의 고시 준비에 지장을 줄 것 같아 그만두었다.

이래서 시작된 동거 생활은 무려 4년을 보내는 동안 소영은 생활비를 벌기 위해 닥치는 대로 일을 했고, 고시 준비하는 창수의 뒷바라지에 소홀함이 없었다. 너무 바쁘게 돌아다니다 보니 이웃 사람이나 집주인까지도 대화할 시간마저 갖지 못했다. 그저 월말이 돼 월세를 지불하기 위해 주인한테 들리면 소영에게 이런 말을 했다.

"새댁은 쉬는 날도 없이 무척 바쁘신 모양인데 남편은 무얼 하길래 바깥출입이라곤 하지 않고 두문불출이오?"

소영은 빙그레 웃으며 별다른 생각 없이 말했다.

"공부하느라고 정신없답니다."

"공부라니? 취직 시험 보려고요?"

"그래요, 취직 시험요."

"얼마나 좋은 곳에 취직 할려고 그리 오래도록 공부를 한대요?"

"그, 글쎄요!"

그렇게 근성으로 대답해 놓고 보니 주인아주머니는 두 사람을 아예 신혼부부로 여기는 모양이었다.

'그래, 아무렇게 생각하던 상관할 바 아니잖은가. 창수가 고시 합격만 하면 어차피 둘이 조촐하게 결혼식도 올리고 살 테니. 고진감래苦盡甘來라는 말대로 그날을 위해 이따위 고생쯤이야 대수로울 건가 뭐.'

소영은 창수만을 위해 살기로 작심했다. 고달프고 참혹한 현실 앞에서도 창수를 위하는 일이 곧 자신을 위한 것이라 생각하니 일상의 하는 일들이 즐겁고 보람과 희망으로 가득차 오르는 듯했다.

그래서 세상의 모든 사람들처럼 눈 부릅뜨고 악착같이 살기를 스스로 다짐하고 또 다짐했다.

그러다가도 그녀는 '내가 왜 이러고 살아야 하나? 무엇 때문에? 왜?' 그런 생각이 문득 들면서 일탈과 쓸데없는 욕망에 대한 유혹을 뿌리치기 힘들 때도 있었다. 그러나 고개를 흔들어 부정하며 참고 견뎌 나갔다.

창수 역시 강한 집념으로 공부에 게으르지 않았다. 때론 소영의 젖어 있는 눈빛에서 끓어오르는 욕망을 억제하느라 애먹었지만 누구보다도 강한 자제력에는 흐트러짐이 없었다.

소영이 생활 전선에서 꿀벌처럼 일할 때 창수는 깊은 골방에서 뼈를 깎는 노력을 아끼지 않았다.

창수는 작년에 처음으로 고시에 도전하여 실패했다. 1차에는 합격했으나 2차에 낙방했다. 다시 재도전하였다. 다행히 밤낮을 가리지 않고 대소변도 참으면서 그야말로 각고의 노력을 기울인 결과 두 번째로 재도전하여 1, 2차 모두 합격했고, 그것도 수석 합격이었다.

그런 소식을 들은 소영은 그날 하던 일을 다 접어 두고 오직 정성을 다해 창수의 고시합격 축하를 위한 저녁상을 마련했다. 그들의 살림살이에 과분할 정도였지만 진수성찬에 고급 와인까지 마련해 놓고 창수와 마주 앉았다.

"정말 축하해! 가슴이 터질 듯이 기뻐."

소영이 눈물까지 글썽이며 창수를 쳐다보았다.

"모두 소영이 덕택이야. 고마웠어!"

두 사람은 와인 잔을 부딪쳤다.

"우리의 영원한 사랑을 위하여!"

"우리들 앞날의 영광을 위하여!"

"브라보! 브라보!"

소영은 더없이 즐겁고 행복한 순간이었다. 돌이켜보니 4년의 세월이 고달프고 힘들고 지겨운 날들이 많았지만, 이날을 위하여 참고 견디며 될 수 있는 대로 풋풋한 젊음과 생기 발랄한 모습을 여러 사람에게는 물론 창수 앞에선 더더욱 보여 주려고 애써왔던 소영이었다.

"이제 식사를 하자. 자, 이것도 먹고 저것도 먹어 봐!"

소영은 정성껏 만든 음식들을 창수 앞으로 밀어주며 많이 먹기를 권했다.

"응, 그래 같이 들어!"

둘은 음식을 서로 권하며 즐거운 저녁 식사를 맛있게 먹기 시작했다.

소영이 식사를 하면서 감격스런 눈으로 창수를 한참 주시하다가 말했다.

"역시 우린 죽는 것보다 살기를 잘 했지! 개똥밭에 굴러도 저승보다 이승이 낫다지 않아. 이렇게 〈살아있음〉으로 해서 행복할 수 있으니까."

"그래, 그렇지."

둘은 식사를 끝낸 후 창수는 자기 방으로 들어가고 소영은 설거지를 하느라 오랫동안 주방일을 끝내고 자기 방에 들어와 화장까지 고친 다음 잠시 생각하고 있었다.

'어떻게 할까? 우린 부부나 마찬가진데, 오늘 밤부터 같은 방을 쓰자고 할까? 창수에게 너무 기다리게 해서 미안했는데….'

소영은 창수의 방문 앞에 서서 잠시 머뭇거리다가 돌아섰다.

'아니지, 아직 직장을 잡은 것도 아니고. 창수가 먼저 말할 때까지 기다려 보는 게 옳을 거야.'

그날 밤도, 그다음 다음 날 밤도, 전과 다름없이 각방을 썼다.

창수도 아무런 말을 하지 않았다. 소영은 자기가 먼저 말하지 않은 것을 만 번 잘 했다고 여겼다. 그래서 소영은 지난날과 다름없이 생활비를 벌기 위해 여전히 사방팔방 뛰었다. 창수는 창수대로 2년간 사법 연수를 거쳐 수석 합격에 걸맞은 중앙관서의 요직에 발령을 받기까지 끈질긴 인내력을 보였다.

창수가 중앙관서에 검사로 보직을 받던 날도 고시 합격하던 날과 마찬가지로 저녁상을 근사하게 차려 놓고 소영도 으쓱해진 기분으로 창수와 함께 마주 앉아 샴페인을 터뜨렸다.

그리고 이날을 위해 준비해 두었던 양주 꼬냑을 서로 잔이 넘치게 주고받았다.

정말 기분 좋은 저녁이었다. 소영은 조금도 주저함이 없이 창수를 향해 당당하게 말했다.

"오늘 밤부터 한 방에 같이 자기로 해! 응?"

소영은 살짝 미소까지 지으며 부드럽고 애교 띤 말로 창수의 의사를 떠보았다.

"왜, 갑자기?"

"인젠 더 미룰 필요가 없잖아?"

"뭘 말야?"

"우린 죽은 셈 치고 함께 살기로 했잖아. 뭐, 결혼식을 올리지 않아서 안 되는 거야?"

"그건 안돼!"

"왜 안돼? 결혼식은 너가 하자는 대로 할게."

"그게 아냐!"

"그럼 그게 아니고 뭔데?"

"나는 얼마 전에 결혼하기로 한 여자가 있어. 약혼도 했어."

소영은 창수의 말이 떨어지기도 전에 입으로 가져가던 술잔을 떨어뜨리고 말았다.

"왜 그래? 내가 앞으로 보답할 길은 그 길밖에 없잖아. 그 집에서도 예외 없이 세 개의 키(자동차 키. 아파트 키. 증권 금고 키)는 덤이고 평생 생활비도 대 준대. 그러니 내 출세를 도와준 친구로서 앞으로 내가 살아 있는 한 너를 도와주겠어."

"친구로서?!"

"그래. 친구로서 도와준 고마움을 잊지 않을 게. 우린 동거인이었지 부부로 살자는 것은 아니었잖아!"

"그랬어!? 그럼 가! 가란 말야!"

소영은 자리를 박차고 밖으로 뛰어나갔다.

* * *

그런 일이 있은 후 줄곧 소영의 소식은 묘연했고 창수는 예정대로 재벌의 딸과 결혼을 했다. 중앙관서의 요직에서 그의 실력은 인정을 받아 잘 나가는 검사로 명성을 떨쳤다. 그는 세상의 부

조리와 비리를 척결하는 선두주자가 되어 크고 작은 사건을 수사하고 구속기소 해서 유죄판결을 이끌어 내는 명검사가 되었다.

그런 창수의 뒷전에는 Y재벌의 총수인 그의 장인이 있어 정계와 관계에 뿌리는 돈의 위력은 창수가 명성을 떨치고 출세 가도를 달리는데 한 몫이 아니라 두 몫, 세 몫이 돼 주었다.

그런 그에게도 행운만 있으라는 법이 없었다. Y그룹에 거액의 탈세 사건이 M신문에 보도되었는데 그것이 지금까지 은폐돼 온 것은 정·관계에 로비가 있었기 때문이라는 기사가 단독 보도되었다. 그 기사로 인해 정·관계는 물론 Y그룹 내의 모든 회사가 발칵 뒤집혔고 즉각 명예훼손 혐의로 M신문 박일도 기자를 고소했다. 박일도 기자는 너무나 억울해 분통을 터뜨렸지만 권력과 금력의 위력에는 맥을 출 수가 없었다.

당연지사로 이 사건은 김창수 검사가 맡게 되었다. 그 결과는 말할 것도 없이 구속적부심사까지 거쳤지만 구속영장이 떨어져 세균박사라는 박일도 기자도 구속되고 말았다. 그 사건이 국민으로서는 초미의 관심거리였지만 몇 개의 신문에서 짤막한 기사가 났을 뿐 유야무야로 넘어가면서 허위사실 유포와 명예훼손죄를 뒤집어쓴 채 박일도는 유치장 신세를 지고 있었다.

그런데 어느 날 김창수가 전화 한 통을 받았다.

"김창수 검사예요?"

"네, 그런데요?"

"나, 소영이."

"뭐, 소영이?"

"그래, 임소영."

"그 그래, 도대체 어찌 된 거야. 지금껏 소식도 없이….."

"너무 오래되었는데. 우리 꼭 한번 만나자."

"일요일이라면….."

"그래, 그럼 이번 일요일 3·1다방에서 9시에 만나. 이야기는 거기서 하기로하고. 끊는다!"

전화를 끊고 난 창수는 이상한 생각이 들었다. 반갑다기보다 종문 소식이든 소영이 뜻밖에 전화로 만나자는 것도 그렇고, 한밤중에 집을 나간 후 십 년이 넘도록 전화 한번 없던 그간의 행적이 참으로 궁금했다. 줄곧 궁금증으로 사흘을 보낸 후 소영이 만나자던 약속 장소에서 그녀를 만났다. 얼굴을 맞대고 앉자마자 소영이 말했다.

"한 가지만 부탁 좀 하겠어. 박일도 기자 풀어줘!"

창수는 뜻밖의 요구에 황당했다. 밑도 끝도 없이 그게 무슨 뚱딴지같은 소리냐 싶었다.

"그는 내 남편이야! 안 되겠어!"

창수는 더욱 황당해 아무 말을 할 수가 없었다.

"더 말하지 않겠어. 그것도 사흘 안으로. 그런 다음 다시 만나."

작고 낮은 목소리였건만 창수에겐 바위처럼 무겁고 천둥소리 같이 큰 소리로 들렸다.

그렇게 말을 남긴 소영은 갖다 놓은 찻잔에 입도 대지 않고 일어서 나가버렸다.

집으로 돌아온 창수는 머리가 지근거리며 자꾸 흔들렸다. 기이한 인연과 운명을 새삼 되씹었다. 나는 새도 단번에 잡을 수 있는 힘을 가진 창수였지만 일개 나약한 한 여자 앞에서 목에 힘 한 번 줄 수 없는 존재가 된 셈이었다. 창수는 그녀의 요구대로 사건의 동기나 증거 불충분으로 기소유예처분을 해 박일도를 풀어줬다.

박일도가 풀려난 다음 날 소영과 창수는 3·1다방 앞 차도에서 다시 만났다.

"부탁을 들어줘 고마워. 다른 얘기는 조용한 곳에 가서 하기로 하자."

"그럴까."

"자가용은 그만두고 택시를 타. 답답한 도시보다는 야외가 좋지 않겠어."

"아무러문…"

창수와 소영은 택시가 워커힐 앞을 거쳐 덕소와 팔당을 지나 양수대교가 끝날 무렵까지도 입을 걸어매 놓기라도 한 듯 열지 않았다.

"자, 여기서 내려."

눈을 감고만 있던 창수는 얼결에 택시에서 내렸다.

"창수와 헤어진 후 언젠가는 둘이 함께 이곳을 와 보고 싶었어."

창수는 그제야 십 년 전 투신자살을 하려 했던 바로 그 장소에 서 있음을 새삼 발견했다.

"그랬어. 나는 바빠 까맣게 잊고 있어서. 웬 놈의 안개가… 꼭 그때처럼."

비로소 창수가 겨우 뱉어낸 말이 그 정도였다. 그의 말대로 그때처럼 지적을 분간키 어렵게 물안개가 피어오르고, 그 안개 밑으로 강물은 유장하게 소리 없이 흐르고 있었다.

소영은 왼손으로 가만히 창수의 허리를 감았다. 그리고 한 손은 자기의 가슴 깊숙이 찔렀다. 딱딱한 물체가 손바닥에 와 닿았다. 그녀는 손바닥에 힘을 주었다. 그리고는 창수의 얼굴을 똑바로 보며 말했다.

"우린 여기서 다짐했지. 죽은 셈 치고 덤으로 함께 살자고."

여전히 창수는 고개만 끄득인 채 말없이 발걸음만 떼어 놓았다. 소영은 창수의 허리에 감은 팔에 힘을 주어 물기가 번지르르한 은회색 가드레일 쪽으로 창수의 몸을 밀었다. 창수는 스르르 가드레일에 기대섰다.

"그땐 그랬는데 지금은 그 반대의 입장에 우리 둘은 섰어."

"거게 무슨 소리야?"

"지금은 살았다고 셈 치고 함께 죽자 이 말이야! 이제 알아들 었어! 이 자식아!"

창수가 화들짝 놀라 소영을 뿌리치려 할 땐 이미 소영의 권총 한 발이 창수의 가슴팍에 박히고 말았다.

"비겁하고 더러운 자식! 이승이 아닌 저승에 가서라도 물귀신 이 되어 너를 상대해 주마."

소영은 있는 힘을 다해 창수의 몸뚱이를 뻗어간 다릿길 난간 아래로 밀쳐 넣었다.

그러고는 자신도 난간에 몸을 걸쳐 자기 이마에 권총을 대고 방아쇠를 당겼다. 두 방의 총소리는 메아리지며 우윳빛 안개 속 으로 사라져갔다.

그리고는 아무 일도 없었던 듯 안개와 더불어 강물은 여전히 유장하게 흐르는데, 헛소문처럼 떠도는 이들 이야기가 뜬금없이 나타나 가뭇없이 소멸되고 퇴색되면서도 끊임없이 이 세상에 회 자되는 그 이유를 아무도 알 길이 없었다.

어떤 유산

김백만은 요즈음에 와서 늘 가슴이 부풀고 마음은 언제나 풍선처럼 허공에 붕 떠 있다. 그는 자다가도 벌떡 일어나 앉아 이게 꿈인지 생시인지 구별을 못 해 자기의 허벅지를 손톱으로 꼬집어 보기도 한다. 그러고는 세상에 살다가 별일도 다 생기는구나 하고 밤잠을 설치는 것도 예사였다.

　그래서 속담에 음지가 양지 되고, 쥐구멍에도 볕 들 날이 있다는 속담은 자신을 두고 이르는 말이 아니겠냐 할 정도로 김백만은 요즈음 흥분돼 있다. 하기야 남들이 잡는 행운을 김백만이라고 못 잡으라는 법이 어디 있으랴 싶기도 하겠지만, 그에게 찾아온 행운은 너무나도 크고 뜻밖이어서 모처럼 잡은 행운이 마치 파랑새처럼 날아와 앉았다가 날아가 버릴 것만 같은 착각에 빠질 때도 있다. 그럴 때마다 김백만은 자기의 허벅지를 손톱으로 꼭 찝어보기도 하는 것이다. 그러면 분명 아픈 거로 봐 환상이 아닌, 현실로써 행운은 그의 앞에 분명히 다가와 있는 것이구나 생각했다.

사실 김백만에게 온 행운은 따지고 보면 올 것이 온 거겠지만, 마치 로또복권을 사서 일등 당첨이 되었거나, 마권을 사서 일확천금을 얻은 것처럼 아니면, 무슨 봉 잡고 노다지를 캔 것처럼 여겨져서 오히려 불안하기까지 한 것도 숨김없는 사실이었다. 그러나 냉정하고 차분히 생각해 보면 그에게 굴러온 복은 행운이 아니라 조상이 돌봐 준 것에 불과할 것이란 생각이었다. 아니, 몇 대조의 먼 조상이 아니라 바로 어릴 때 돌아가신 아버지의 혼령이 김백만에게 오늘에야 그 행운을 안겨 준 것임이 틀림없는 사실이라고 생각했다.

* * *

김백만이 재경 동기 동창회에 빠지지 않고 나가게 된 것은 구청의 한직에서 주사로 있다가 정년퇴직을 한 후부터였다. 평소때는 동기 동창들의 모임이 있다며 더러 나오라는 연락을 받기는 했지만 단 한 번도 참석치를 못했었다. 그것은 다들 대기업의 이사가 아니면 중앙부서의 공무원으로 과장, 국장 자리를 차지해 있기도 했고, 일찍부터 사업을 한 친구들은 돈깨나 모아서 제법

큰 상가 아니면 번듯한 건물 한두 개쯤은 장만해 두고 지금은 손
까딱 않고도 월 천여만 원씩 수입을 올린다는 소리를 들을 때마
다 김백만은 스스로 느끼는 콤플렉스로 인해 모임에 나갈 용기가
나지 않았기 때문이었다.

정년퇴직을 한 김백만은 이렇다 할 특기도, 취미도 없다 보니
마냥 집안에만 틀어박혀 있기가 뭣해서 공무원 시절에 알게 된
친구가 부동산업을 하고 있는 〈894부동산〉 사무실에 시나브로
드나들었지만 그래도 무료하긴 마찬가지여서 결국에는 동창생들
을 만나보기로 한 것이 계기가 되어 이제는 동기회에 자주 나가
고 있다.

김백만이 동기들의 모임에 나가게 된 진짜 이유는 말로만 듣
던 〈사오정 시대〉를 스스로 감당한 나머지 적어도 30년을 더 산
다고 치면 과연 어떻게 살아나갈 것인가? 그는 어떻게 해서라도
수입이 가능한 일자리를 다시 구해야겠다고 생각에서였다. 혹시
잘 나가고 있는 동기들 중에 일자리 하나라도 소개해 줄 기회라
도 잡을 수 있을까 해서였다.

시골의 중소도시에서 고등학교를 나온 관계로 재경 동기들이
라 해도 불과 스무나 명 정도에 불과했다. 동기회 명칭은 〈보름
회〉였는데 그것은 15회로 졸업한데 연유된 것이었다. 어쨌든 김
백만도 한 달에 한 번씩 갖는 〈보름회〉 모임에 빠짐없이 나가게
되었는데, 처음 몇 번을 나갔을 때마다 몇십만 원씩이나 되는 회

식비를 서로 경쟁이나 하듯 척척 계산해 버리는 친구들을 보다가 김백만이 제안을 했다.

"회식비를 한 사람이 부담할 게 아니라 회비 조로 얼마씩 거출해서 공동부담하는 게 어떻겠나? 그렇게 하면 모두가 마음 편코 부담감도 없을 테니 말야."

"뭐, 낼 만하니까 내는 거니 부담이야 되겠냐만, 그렇게 분담해서 안 될 것도 없지 뭐?"

김백만처럼 잔뜩 부담감을 갖고 있던 박준호가 누구보다도 먼저 찬성하고 나오자 곧 그렇게 하기로 결정했다. 그리하여 매회마다 3만 원의 회비를 내어 간단한 회식을 하는 모임을 가져 왔는데, 참석하는 회원은 줄지도 늘지도 않은 채 줄곧 모임은 이어지고 있었다.

모임이 끝나고 나면 으레 몇몇은 반주 겸 소주 한 잔씩을 꺾은 것이 원인이 되어 2차로 가자며 앞장서는 친구도 있었지만, 김백만은 일찌감치 앞서서 나가는 박준호의 뒤를 따라 슬그머니 꽁무니를 빼서 집으로 돌아오기 일쑤였다.

그렇게 해서라도 김백만은 동기회 월 모임에 빠짐없이 나갔고, 눈치 봐 가면서 이해할 만한 친구에겐 빌딩관리원이나, 아파트 경비원 정도라도 부탁하곤 했지만 아직 이렇다 할 일자리는 얻지 못했다.

그러던 어느 날 김백만이 소일거리 삼아 마당 끝에 일궈 놓은 남새밭에 심은 채소를 손보고 있을 때 배달부가 도장을 달라 해 찍고 내민 봉투 하나를 받았다.

열어 보니 서울시장으로부터 보낸 한 통의 공문이었다. 그 요지는 대강 이러했다.

'이미 보도를 통해서 잘 알고 계시다시피 월드컵 축구 경기를 유치하는 데 성공한 우리나라는 그 경기장 건립을 위해 우리 서울에서 부지 선정을 한바 그곳에 귀하의 토지가 있어 매입고자 하오니 본경기의 원만한 추진과 성공적인 개최를 위해 적극 협조하여 주시기를 바랍니다.'는 요지와 '만약 불응시에는 토지 수용령 발동도 가능하다'는 통보였다. 물론 '토지 보상가는 공시지가가 아닌 현시가대로 보상금을 지급한다'는 붙임말도 있었다.

김백만은 그 공문을 읽고 또 읽었다. 그는 금시 가슴이 쿵닥거리고 얼굴이 벌겋게 달아오를 만큼 흥분이 되어 손보던 남새밭 일을 팽개치고는 스물네 평짜리 단독 주택의 마당 한가운데 나섰다.

코끝을 베어 갈듯 차갑던 겨울 날씨가 물러가고 봄이 한창 무르익고 있었다. 그 날따라 햇살이 풍성했다. 그 풍성한 햇살이, 스멀거리는 아지랑이 그림자를 안고 투명하게 부서져 그의 가슴 가득히 안겨질 때 그는 종잡을 수 없는 만감에 휩싸였다.

김백만은 펼친 공문을 손아귀에 쥔 채로 뒷짐 지고 손바닥만 한 마당을 연신 왔다 갔다 하며 흥분을 감추지 못했다. 그도 그럴 것이 김백만이 겨우 열 살 되던 해에 부친을 여의었고, 그로 인해 상속으로 물려받은 재산이 지금 시에서 월드컵 경기장 부지로 선정돼 매입기로 한다는 땅 때문이었다. 김백만에게 상속된 땅은 꽤나 넓다. 그 넓은 땅을 40년 넘게 소유해 오면서 제법 속 꽤나 끓여 왔었다.

* * *

청상靑裳의 홀어머니를 모시고 스물다섯에 결혼하여 자식들 3남매를 거느린 김백만은 포과匏瓜의 신세가 되어 셋방살이를 전전해 오며 대학 졸업과 함께 말단 공직에 입문하여 주사로 퇴직하기까지 참으로 많은 경제적 어려움을 겪어야 했다. 그래서 꽤나 넓은 그 문제의 땅도 팔아서 살림에 보태 볼까 해서 애를 썼지만, 누구 한 사람 곁눈질도 주지 않았다.

밭도 아니요 논도 아닌 소택지沼澤地인 데다가 난지도의 쓰레기 매립장에서 진동하는 악취하며, 파리떼와 모기떼는 펄벅의 소설 대지大地에 나오는 메뚜기떼에 비견할 만큼 바글거렸던 그 땅은 말이 서울이요, 상암동이지 버려진 불모의 땅이었다. 그런 데다가 30년이 넘게 토지세만도 연간 기십만 원씩 물어 왔으니 김백만에겐 상속된 재산이 아니라 애물단지였던 것이다.

일곱 식구의 생계비도 빠듯했던 터에 자식들 교육비에다 그들이 세 들어 사는 전세금마저 수시로 올리는 바람에 허리가 휘어질 대로 휘어진 터에 해마다 소득 없는 땅으로 인해 토지세를 기십만 원, 아니 요즈음 와서는 백만 원에 육박하는 액수를 물어 왔던 것이다. 그랬던 그의 땅을 서울시가 매입하겠다니 바지자락 한 가랑이에 두 다리 넣고 달려가 절이라도 하고 싶은 심사였던 것이다.

'그래, 협조하고말고. 보상가는 얼마나 될까? 공시지가가 아닌 현 시가라니? 그럼, 현 시가는 얼마나 될까?…'

김백만은 공문을 다시 펼쳐 보다가 동봉된 또 한 장의 서류를 발견했다. 서울시의 토지 매입에 관한 승낙서였다.

그는 방 안으로 들어가 관계 부처에 전화로 확인을 해 보았다. 틀림이 없었다. 그날로 김백만은 승낙서에 도장을 정성껏 찍은 다음 은행에서 개설한 통장의 복사본과 관계 서류를 갖추어 직접 시청에다 접수시켰다. 가까운 시일 내에 토지 보상금이 통장으로 지급될 것이라는 담당자의 말을 뒤로하고 집으로 돌아왔다.

* * *

김백만은 매일 같이 토지 보상금으로 받을 돈이 얼마인지에 대하여 궁금증이 파도처럼 덕석말이가 되어 머리를 어지럽혔다.

'몇천만 원? 그보다야 많을 테지. 공시지가로 따져볼지라도 그보다는 훨씬 많을 텐데…. 그렇지! 적어도 몇억 원은 될 거야. 그래, 몇억 원! 그 돈이면 당장 지금 전세 들어 살고 있는 이 집도 살수 있고, 막내 녀석 등록금으로 얻어 쓴 빚도 갚을 수 있을 게 아닌가! 참으로 사람 팔자 알 수 없는 일이야.'

그토록 애물단지로 여겼던 땅, 때로는 아버지에 대한 원망을 한 적도 한두 번이 아녔던 그 땅이 지금에 와선 황금 덩이로 변한 것이었다.

새삼 돌이켜 되씹어 보매 아버지에 대한 죄스러움이 형언할 수 없는 아픔으로 젖어 들면서 아버지의 모습이 희미한 실루엣으로 나타나기도 했다. 그는 날로 짧아지는 밤을 잊은 채 아버지의 모습을 떠올리려 애를 썼다. 그는 며칠 동안 아버지의 생각으로 불면의 밤을 하얗게 보냈다.

어린 시절 아버지는 소작농으로 찌든 살림을 꾸려가며 평생소원이 자기 소유의 땅을 가져 보는 것이었다. 그래서 노동으로 얻은 대가에서 하루 한 끼쯤 굶는 한이 있더라도 저축을 했고 그것들이 한두 해가 지나 모은 돈으로 땅을 사곤 했는데, 비싼 땅은 살 수가 없어 거저 얻다시피 하여 두고두고 사 모은 땅이 바로 난지도 쓰레기 매립장 부근이었다.

그러나 진작 사 두기만 했지 당신은 살아생전 그 땅을 활용해 보지 못하고 돌아가신 거였다. 땅을 일구어 내 농사를 짓겠다던 그 소망은 돈 벌어 땅만 장만한 것으로 끝을 맺고 돌아가신 거였

다. 그렇지만 일거월저(日居月諸-쉬임 없이 가는 세월)를 어찌
하랴….

그런 아버지를 40년이 넘는 세월 속에 불효하게도 조금은 원
망하면서 살아왔는데, 그런 아버지가 요 몇 날 밤마다 잠 못 이룬
채 뒤척이는 김백만 앞에 나타나곤 했다.

실루엣으로 나타난 아버지는 포근함과 안도와 이제는 잘살아
보라는 당부를 남기고 사라지시곤 했다. 비몽사몽 간에 하룻밤을
헤매다 깨어 보면 이윽고 아침 해가 솟아 있었다.

날로 봄은 무르익어 흔들리는 아지랑이 속으로 흐르고만 있었
다.

김백만은 자기도 모르게 힘이 절로 솟구치는 듯했다. 자식 딸
랑 하나 바라보고 90 평생을 살아오신 노모도, 가난에 찌들어온
아내도 기쁨을 감추지 못했다.

셋방살이만 벗어나도 그게 어디냐며 돌아가신 아버지께서 끝
내 딸랑 하나인 자식을 버리지 않았음에 깊은 감사를 올렸다.

집안은 요 며칠 새 활기가 넘치고 생기가 돌면서 생활의 변화
를 가져왔다. 그리하여 김백만의 요즈음 나날은 황량하기만 했
던 겨울 들판 같던 과거의 삶은 흔적도 없이 사라지고, 무엇인가
다시 살아나고 피어오르는 것을 느끼고 있었다. 그것은 마치 오
래오래 헤어져 만나지 못해 안타깝던 누이가 돌아온 것만큼 반갑
고, 즐겁고, 행복함에 스스로 젖어 들었다. 이럴 때 아버지가 살

아 계셨더라면….

그러다가도 문득문득 불안에 싸여지기도 하는 것이었다.

'혹시 잘못되지나 않을까? 하도 옛날이나 지금이나 정부가 하는 짓이 조령모개라 언제 또 바꾸어질지 어림잡기 어려워서였다. 상암동 일대가 월드컵 경기장으로 적합지 않다며 다른 곳으로 정하지나 않을까 하는 우려도 없잖아 있기 때문이었다.

이를 두고 호사다마라 했던가. 부푼 희망과 행복감과 함께 걱정도 이만저만이 아니었다.

하지만 그는 침착하고 조용히 기다리기로 했다. 들뜨고 흥분하고 서두른다고 반드시 이루어지는 게 아님을 오랜 공무원 생활에서 익혀 와 잘 알기 때문이다.

김백만은 날마다 보상금 나오기만을 손꼽아 기다렸다. 그러면서도 친구가 경영하는 〈894부동산〉에도 나가 보고, 동기들의 월회 때 만나 건네받은 명함 대로 그들의 사무실을 찾기도 했지만, 보상금 이야기는 입 밖에도 내지 않았다. 또한 일자리 하나 어떻게 좀 알아봤느냐에 대한 내색도 하지 않았다. 보상금만 나온다면 구태여 직장을 구하지 않더라도 내 집 하나 장만해서 빚 갚고 나면 그럭저럭 살아가지 않겠느냐는 나름대로의 계산에서였다.

그렇게 자고 나면 꼭 오라는데 없고 꼭 가야 할 데 없었지만, 김백만은 할 일 없고 볼일 없는 시골 장터 다녀오듯이 날마다 나다녔다. 그저 가만히 집안에 틀어박혀 있기는 간졸증이 나 견딜

수가 없었기 때문이었다.

　아무리 그래 봐도 나날은 더디고 듣디 갔다. 서류 접수를 한 지 겨우 보름밖에 되지 않았지만 몇 개월은 된 것 같다. 그야말로 일 일여삼추一日如三秋였다.

　노모도 김백만이 못지않게 기다려졌는지 궁금해 물었다.

　"상암동 그 땅값 나온다더니 아직도 안 나왔냐?"

　"글쎄요. 아직 소식이 없네요."

　"무슨 변수라도 생긴 건 아닌가?"

　"그럴 리야 있겠어요. 우리 일만 보는 게 아니니까 시간이 걸리겠지요."

　"얼마나 나온다던?"

　"글쎄요? 받아 봐야지요."

　"경로당 노인들이 그러는데 공지시가 대로 준다던데, 그러면 몇 푼 안 된다더라."

　"그렇지는 않은 모양이에요. 공문에 현 시가 대로 지불키로 한다고 씌어 있었거던요."

　노모는 아직도 귀가 밝았다. 아들이 하는 말을 또박또박 잘 알아들었다.

　"당신이 한 번 더 시청에 가 보시잖고…"

　아내도 말은 안 했지만 무척 궁금했던 모양이었다.

　"가 보긴? 가만히 있어도 온라인 통장으로 보상금 전액을 넣어 주겠다던데….”

말하기로 치면 김백만이 더욱더 애가 닳고, 입술이 마를 만큼 오늘이나 내일이나 하며 학수고대하다 못해 은행에 가서 개설해 놓은 통장을 몇 번이나 확인해 보기도 했다. 그럴 때마다 입금된 돈이 없다는 은행 여직원의 말에 면구해서 뒤통수만 긁고 돌아선 것이 두서너 번은 되었다.

그날도 해가 더디 졌다.

저녁을 먹고 석간신문을 뒤적이다가 그래도 심심해 텔레비전을 틀었다. 열 시 종합 뉴스였다. 몇 가지의 사건, 사고 소식이 전해진 다음 월드컵 경기장에 관한 뉴스가 나왔다.

김백만은 눈과 귀를 똑바로 하고 텔레비전의 볼륨을 높였다.

2002년 월드컵 경기를 원만히 치르기 위해 축구장 건설이 매우 시급함으로 부지 매입이 확정되어 이미 보상금이 지급되고 있다는 뉴스가 나왔다.

“당신도 내일 일찍 은행에 한 번 가 보세요!”

“그래야지. 가 보고말고.”

“보상가는 얼마나 될까요?”

“확실히는 모르지만 예측건대 몇억은 나오겠지. 평수가 많으니까.”

“그 정도 나오면 허리 펴고 살겠네요. 이자만 물어오던 빚 다 갚아도 조그마한 집 한 채 장만하면 자식들 제 밥벌이 다하고 있으니 우리 내외 어머니 모시고 못 살아가려구요."

"물론이지. 다 아버지 덕택이구만. 그동안 세금 때문에 애물단지로 여겼던 땅이었는데. 지금 이런 횡재를 만나고 보니 생각할수록 아버지께 죄송하다는 생각밖에 안 들어."

김백만은 갑자기 콧등이 시큰해지며 눈물이 나올 것 같아 아내 앞에서 고개를 돌렸다.

그날 밤도 김백만은 아버지에 대한 꿈을 꾸었다. 꿈속에서 아버지는 백만이의 손을 잡아 주었다. 아버지의 손은 매우 거칠어서 백만이의 손등을 찔렀다. 따끔따끔했다. 그래서 꿈을 깼다. 그는 꿈을 깨고도 눈을 감은 채 어린 시절로 돌아가 아버지를 떠올렸다.

추운 겨울 막노동 일을 끝내고 저녁녘에 돌아온 아버지는 그저께 사다 준 수련장을 푸는 백만이를 유심히 들여다보다가 아들의 손을 움켜쥐며 착하다고 손을 어루만져 주었다. 손등을 만지시는 아버지의 손은 너무나 거칠었다.

"열심히 공부해야 한다. 그래야만 공무원이 될 수 있어. 공무원 못되면 평생 아버지처럼 막일만 하고 살아야 해."

그런 아버지의 소원대로 김백만은 공무원이 되었다. 공무원이 되었기에 막노동을 하며 살지 않아도 되었다. 그랬건만 아버지가 겪었던 경제적 고문 만큼이나 아들 김백만도 그 틀에서 벗어나지 못하고 살아왔다. 그런데 아버지는 자기를 버리고 자식을 위해

먹는 것 입는 것 옆으로 밀쳐 둔 채 살다가 가셨다. 이렇게 많은 황금 덩어리를 남겨 주시고….

　김백만은 눈을 뜨지 않았는데도 괴어오르는 눈물이 볼을 타고 추르르 흘렀다.

* * *

　다음 날 김백만이 이제 막 아침 식사를 끝내고 누룽숭늉을 마시고 있을 때 아내가 말했다.

　"오늘은 은행에 나가 봐야죠?"

　"그러잖아도 나가 볼까 하고 있어."

　그렇게 말하고 있는데 전화벨이 울렸다. 김백만이 수화기를 귀에 대자 굵직한 사나이의 목소리가 들렸다.

　"김백만 씨 댁입니까?"

　"저가 김백만입니다만….."

　"아, 그러세요. 여긴 시청입니다. 토지 보상금을 귀하의 통장에 입금했음을 알려 드리는 겁니다. 확인해 보시고 이상이 있으면 연락 주십시오. 지급내역에 대하여서는 별도 공문을 발송했으니까요."

　"네, 네 알겠습니다. 감사합니다."

　전화를 끊고 나자 노모가 말했다.

"무슨 전화냐? 누가 어디 일자리라도 마련해 준다는 거냐?"

"어머니 아니예요. 일자리를 구해 준다는 전화가 아니라 토지 보상금이 나왔다는 전화예요. 여보, 나 지금 은행에 바로 나가 봐야겠어. 와이셔츠와 넥타이 좀 내줘!"

김백만은 그제사 벽에 걸린 시계를 올려다보았다. 벌써 10시가 거의 돼 있었다.

김백만은 가슴이 마구 뛰었다. 그렇게 기다리던 소원이 바로 눈앞에 이루어지는 순간이었다. 하루에 한 번씩 꺼내 보던 빈 통장을 들고 은행으로 달려갔다. 은행 창구에서 통장을 내밀며 입금 확인을 해 달라고 했을 때 빈 통장을 받아 든 은행원은 자리에서 벌떡 일어나 허리를 굽혔다.

"아, 김 사장님 안으로 들어오십시오!"

명패를 가슴에 단 강문호란 대리는 얼른 창구 밖에까지 나와 김백만을 모시고 지점장실로 안내했다. 영문을 모르는 김백만은 지점장이라는 사람과 인사를 나눈 후 자리에 마주 앉았다. 지점장은 자기의 명함까지 내밀며 말했다.

"첫 거래에 거액을 맡겨 주신 고객님께 감사드립니다. 최대의 서비스로 고객님의 자금을 안전하게 관리하여 이익이 보장되도록 최선을 다하겠습니다."

김백만은 그제사 대충 짐작을 했다. 그래서 그저 고개만 끄덕해 보였다. 그러고 있을 때 아까 본 강 대리가 김백만의 통장을 지점장에게 보이자 그는 받아서 통장을 펼쳐 본 다음 김백만에게 정중히 건네주며 말했다.

"대단하십니다. 무슨 사업이라도?"

김백만은 지점장의 말은 귀 밖으로 흘려들으며 통장을 펼쳐 입금된 액수에 정신을 집중시켰다. 그는 그 어떤 것보다도 돈의 액수에만 관심이 가 있었기 때문이었다.

김백만은 통장에 찍힌 숫자에 눈을 고정시키고 그 액수를 대충 헤아려 봤다. 그는 갑자기 눈이 휘둥그레지고 심장이 뛰면서 통장을 쥔 손까지 바르르 떨렸다. 중간이나 끝 숫자를 제쳐 두더라도 머리 숫자가 1백억이었다. 1백억 원! 김백만은 갑자기 정신이 혼몽해져 왔다. 그러나 침착하게 정신을 가다듬으며 일어섰다. 점심 대접을 하겠다는 지점장의 인사말을 뒤로하고 곧장 집으로 달려온 것이다.

집안으로 들어서는 김백만을 보고 기다리던 아내가 성급히 물었다.

"나왔어요?"

"나오다 뿐인가!"

"얼마나요?"

"자, 보라구."

김백만은 아내 앞으로 통장을 내밀었다. 통장을 받아 든 아내는 한참이나 들여다보며 통장에 찍힌 숫자를 헤아리고 있었다.

아까 김백만이 은행의 지점장 앞에서 그러했듯.

아내도 까무러치듯 놀란다.

"통장 이거 잘못된 것 아닐까요?"

"글쎄 나도 의아스럽긴 마찬가지지만 은행에서 대리도, 지점 장도 모두 확인했으니 잘못된 건 아니겠지. 하기사 땅도 웬만큼 넓었어야지. 2만 평도 넘었으니까."

김백만은 아내와 나란히 선 채로 통장을 들여다 보고 또 들여다 본다. 십억도 아니고 백억이라니! 그것도 부동산이 아닌 현금을. 흔히들 땅에 투자했다가 팔리지 않아 억대의 거지 신세로 살아가는 사람이 얼마나 많은 세상인가. 김백만도 따지고 보면 지금까지 백억 대의 거지로 살아온 셈이었다.

"애비 은행에 간다더니 벌써 다녀왔어?"

안방에서 문을 가만히 밀치며 노모가 내다보며 말했다. 노모도 보상금에 대해 관심이 많았다.

"네, 어머니."

"얼마나, 많이 나왔어?"

"네. 아주 많이요. 보세요."

김백만은 통장을 어머니께 보여 드리긴 했지만 어머니가 얼마인지 알 리 없다. 하지만 아버지가 물려준 재산, 그것도 백억이 넘는 거대한 재산이었기에 어머니 앞에 펼쳐 보이지 않을 수가 없었다.

"많이 나왔으면 됐다. 잘 쓰거라."

김백만은 아무리 생각하여도 그 많은 돈이 자기 것이란 사실이 믿기지 않았다.

그런 생각을 하면서도 과연 이 돈을 어디다 어떻게 써야 할 것인가에 대한 고민을 하기 시작했다. 그는 아내와 상의를 했다. 아내는 의외로 단순했다.

"걱정할 게 뭐 있어요. 우선 빚부터 갚고, 이 집을 판다니까 사서 새로 고치고, 쓸만한 세간 하나 없으니까 그것들이나 장만하고…."

"그 정도 해봤자 한 5억 들까? 1백5억이니까 그러고도 백억이 남잖아."

"남는 거야 은행에 맡겨 두고 조금씩 찾아 쓰면 되겠지요. 어머님 모시고 단 한 번도 못 가본 여행이라도 좀 다니고 하면 될걸. 뭘 걱정까지 해요. 없는 게 걱정이지 있는 게 무슨 걱정이냐구요. 참 걱정 두 팔자야."

"백억을 은행에 가만히 맡겨 두기만 해도 1년에 6억의 이자가 붙는다는 거야. 집 한 채 값이야."

"그래요? 어머나, 그러구 보니 아버님께서 물려주신 재산이 엄청나네요."

"아, 그래. 그걸 미처 못 생각했구나. 아버지 산소를 마련해야겠어."

묘비 하나 제대로 못 세우고 남의 산자락에 바가지 엎은 듯 묘봉도 제대로 만들지 못한 채 초라하게 모신 아버지 산소가 김백만의 머릿속에서 이제사 떠올랐다. 못자리뿐만 아니라 이왕 이장을 할 바에야 산도 몇 정보 사서 훗날 가족 묘원을 만드는 것도 좋겠다고 결심했다.

몇 날을 아내와 함께 머리를 짜고 짜다가 결국 일을 착수했다.

빚을 갚고, 살던 집을 사서 새집처럼 고치고, 서울 변두리에 나가 야트막한 산을 사서 아버지 산소를 이장한 후 석물도 제법 번뜻하게 세웠다. 근 일 년 넘어 걸렸다. 그동안 친구의 부동산 사무실을 몇 번 드나든 외는 동기 모임인 〈보름회〉에도 단 한 번 나가지 못했다.

* * *

김백만이 하고 싶었던 일을 어지간히 했다 싶은 어느 날이었다.

소파에 비스듬히 기댄 채 무심히 창 쪽을 바라보고 있었다. 아침나절 햇살이 유리창을 핥고 지나갈 때 거기에는 나무 그늘 외에 또 하나의 그림자가 보였다. 어머니였다. 무릎 사이로 얼굴을 접은 어머니는 둥글어진 등허리만 보였다. 그렇게 하고선 봄아지랑이가 출렁이는 정원을 내다보며 해바라기를 하고 있었다. 어머니가 등은 비록 굽었지만 그만한 연세에도 정정함을 보이고 있었다. 하지만 김백만은 갑자기 가슴이 뭉클해져 왔다. 자기 행복만 찾기 위해 어머니를 저렇게 밀쳐 두었었구나 하는 생각이 문득 떠올라서였다. 김백만은 얼른 어머니 곁으로 가서 가만히 불렀다.

"어머니, 이리 오세요."

어머니는 아들을 그저 돌아다 보며 배시시 웃었다. 팔순에 접어들면서부터는 늘 아들이 부를 때마다 그렇게 웃어주기만 했다. 김백만은 어머니를 두 손으로 당겨 창문 옆에 놓인 방석에 앉혔다. 그리고 조용히 안았다. 그저 한 집 안에 있으면서도 오랜만에 포옹도 아닌 밋밋한 재회일 뿐이었다. 아들은 하릴없이 어머니의 흰머리를 쓰다듬으며 말했다.

"우리 여행가세요?"

"어디루?"

"어머니가 늘 말씀하시던 하와이?"

"거기 가긴 너무 늦었어. 멀어. 비행기 타기도 힘들고."

"그럼, 제주도요."

"그만 두어. 나는 손부 데려다 함께 집 지킬 테니 니들 내외나 다녀와."

김백만은 어머니의 등을 몇 번 두드리고는 이내 손을 풀었다. 어머니의 어깨에는 무거운 세월이 얹혀 있음이 새삼 김백만의 눈

에 와 박혔다. 그와 동시에 자식 하나를 위해서 등이 휘도록 살아
온 어머니의 삶이 김백만의 귀에 갈매기의 울음처럼 파고들었다.
그는 이제 바랄 것이 없다 싶었다. 오직 어머니만 오래 살았으면
싶다. 그의 통장에는 아직도 거액이 별로 줄지 않고 있다. 그래서
어머니가 나가는 경로당과 가난한 친척과 불우한 이웃을 위해 몇
천만 원씩 나누어 주었다. 그래도 역시 돈은 줄지 않았다. 쓴만큼
씩 해마다 보충이 되었기 때문이다. 그러면서도 아내와 자신을
위해 단 한 푼도 써 보지 않았다. 그래 그 많은 돈을 어디다 다 쓰
랴. 원대로 한 번 써 보리라. 김백만은 은행을 찾아가 일부러 현
금으로 1억 원을 찾았다. 제법 큰 백이 가득했다. 집에 돌아와 현
찰을 만져 보니 돈이란 것을 실감할 수 있었다. 그는 아내 앞에
돈 가방을 보여 주며 내일 여행을 떠나자고 했다. 의아해하는 아
내에게 김백만이 말했다.

　"돈을 물 쓰듯 한 번 써 보는 거야."

　그래서 김백만은 아내와 함께 차를 타고 여행을 다녀 왔다. 겨
우 닷새 만에 어머니와 집이 걱정돼 돌아오고 말았다. 일류 호텔
에서 자고, 일류 음식점에서 먹고, 일류 백화점에서 고급 물건들
을 사며 즐겼지만, 그동안 쓴 돈은 모두 천만 원도 못 되었다. 돈
가방만 바람을 쐬고 돌아온 셈이었다.

　어머니께는 부드러운 속내의를 한 벌 사서 입혀드렸다. 역시
빙그레 웃을 뿐 잘 다녀왔냐 할 따름이었다. 다음 날 김백만은 어

머니를 차에 태우고 아내와 함께 아버지 산소에 성묘를 갔다. 몇 가지 제물과 통장을 상석 위에 차려 놓고 잔을 부었다. 그리고 엎드렸다. 아버지 덕택에 지금 이렇게 잘살고 있습니다 하고 절을 했다. 줄곧 그런 말만 중얼거리면서 오랫동안 엎드려 있었다.

"이제 그만 돌아가자."

어머니의 목소리에 일어나 산소 주위를 한바퀴 돌아본 다음 돌아왔다. 그날 저녁은 마침 동기 동창들의 모임이 있는 날이라 〈보름회〉에 나갔다. 어째서 일 년이 넘도록 모임에 나오지 않았느냐고 야단들이었다.

"미안하다. 어쩌다 보니 그렇게 되었어. 그 대신 범칙금으로 오늘 식대와 회비적립금으로 천만 원을 내겠다. 친구들의 생각은 어때?"

"뭐, 뭐라구? 처 천만 원! 야, 김백만. 너 농담하지 마. 꼭 내고 싶으면 너 이름값을 해서 백만 원이나 내지그래. 우…하, 하, 하….″

김백만은 확실한 액수는 말 안 했지만 이만저만해서 돈이 생겼노라고 진실을 털어놓자 다들 농담을 멈추고 조용히 고개를 끄덕였다. 아, 그렇구나 하고. 이어 친구들은 소주잔에 가득히 술을 따르고 김백만을 위하여 술잔을 부딪쳤다. 다시 몇 순배 술잔을 돌렸다. 그때 한 친구가 일어서더니 조용조용히 말을 했다.

"이미 들어서 알고 있겠지만, 우리 동창 중에 박준호가 있잖

니. 그가 암으로 입원을 했으나 수술비가 없어 수술을 못 하고 있
다네."

그 말이 떨어지기가 무섭게 모두의 시선은 김백만에게 모여졌
다. 김백만은 모여진 시선과는 상관없이 헛기침을 한 번 하더니
손바닥을 펴들었다.

"그 문제라면 내게 맡겨 두고 술이나 마셔. 자, 자, 자."

술잔을 거듭거듭 부딪쳤다.

김백만은 귀갓길에 박준호가 입원한 병원에 들러 수술비를 지
불하고 늦게야 집으로 돌아왔다. 김백만은 그날 밤 모처럼 푹 잠
을 잤다.

* * *

그 이튿날도, 그 사흗날도 김백만에겐 행복한 순간이 이어지고
있었다. 돈이란 이렇게도 사람에게 생활의 변화를 주고 삶의 방
향을 바꿔 놓는구나 하고 생각했다. 김백만은 어떤 것에도 자신
감이 생겼다. 혼자 호의호식과 거만과 오만과 사치와 허영을 부
리지 않고 산다면 이만큼 가진 것으로도 이 세상은 살 만하다는
생각이 들었다.

그에게 몇몇 측근들은 큰 사업을 벌여 보거나, 아니면 부동산
이라도 사 두면 더 큰 부자가 될 수 있을 것이라고 부추기기도 했

지만, 귀 기울이지 않았다. 이 정도의 가진 것만으로도 그는 오히려 과분해 했다.

돈은 확실히 만능이었다. 건강도 주고, 행복도 주고, 사랑도 주고, 베풂도 주고, 나눔까지도 함께 주었다. 그리하여 김백만의 모든 삶은 그런 것만으로도 만족하게 했다. 언제나 가난이란 찌듦에서 갑갑하고 우울하고, 수심과 울화와 알지 못할 불안과 분노로 가득했던 그 지루하고 기나긴 삶은 돈을 갖는 순간부터 이렇게 사라지고 만 것이었다. 김백만의 나날은 밝음만으로 가득 차 왔다. 황폐하기만 했던 정신적 환경에서 포근함으로 촉촉이 적셔오는 정서적 행복감은 날로 짙어져 가는 푸르름과 함께 기쁨과 만족감으로 넘쳐 나게 했다.

김백만은 그런 행복감에 젖을 때마다 응접실의 소파에 비스듬히 몸을 담고 창밖으로부터 번져 드는 꽃향기를 만끽한다. 그런 행위는 이제 습관이 돼가고 있었다. 그는 지그시 눈을 감았다. 어느 사이 스르르 오수에 잠겨졌다.

"따르릉따르릉 따르릉."

전화벨이 여러 번 울렸다. 설든 잠이었지만 김백만은 전화를 받아야겠다고 생각만 할 뿐 몸이 말을 듣지 않았다.

"얘야, 전화 안 받고 뭐 하니?"

방 안에 계시던 어머니가 후라쉬도어를 밀어젖히며 큰소리를 질렀다. 그제서야 잠에서 깬 김백만은 얼결에 수화기를 들었다.

"김백만 씨!"

"네, 김백만입니다. 누구시죠?"

"S신문에 난 기사 잘 보았습니다. 좋은 일 하셨더군요. 저의 Y 복지원에도 좀 도와주세요. 심한 재정난으로 아이들의 끼니마저 이어가기 어려운 처집니다."

"…"

김백만은 전화기만 귀에 대고 아무 대답을 하지 않고 있었다. 저쪽에선 도움을 받기 위해 긴 설명과 함께 간절한 호소가 이어졌다.

"…얼마나요?"

"성의껏 도와주세요. 많을수록 좋겠지만요."

"네, 알겠습니다."

김백만은 전화번호와 계좌번호를 적은 다음 전화를 끊었다. 동창생 박준호의 수술비를 대준 것이 우연찮게 신문에 보도된 후로 평소 듣도 보지 못했던 각종 단체들로 부터 무려 일곱 번이나 도움을 요청하는 전화를 받았다. 그럴 때 마다 꼭 5천만 원씩을 송금해 주었다.

김백만은 각 단체에서 어려움을 호소하며 돈을 요구할 때마다 별로 주저함이 없이 송금을 해 주었다. 남을 도울 수 있는 입장에 있는 자기자신이 기쁘고 만족스러웠다. 앞으로 수십, 아니 수백 군데에서 도움을 요청해 온다 하여도 자기가 소유하고 있는 돈이 줄지 않을 것 같아서였다. 그는 아예 성금으로 나갈 돈을 따로 통장을 만들어 텔레뱅킹으로 빠져나가게 해 두었다. 오늘 Y복지원에도 텔레뱅킹으로 송금을 해 주었다.

그는 송금을 해줄 때마다 아버지를 생각했다. 사글세의 삶을 전전하면서도 푼푼이 모아 땅을 사시던 아버지. 막노동판에 나가기 위해 새벽잠을 설치고 일어나신 아버지의 얼굴에는 노상 덜떨어진 잠이 매달려 있곤 했었다. 그렇게 해서라도 땅을 사 모으셨던 아버지 덕택에 이렇게 부를 누리고 살지만 개구리 올챙이 시절을 결코 잊을 수가 없다. 시레기죽에 보리밥만 먹던 시절 옆집 아줌마가 주던 쌀밥 한술이 얼마나 맛있고 고마웠던가. 그때 자기도 돈 벌어 잘 살면 어려운 이웃에게 쌀밥 한 그릇쯤은 나눠 먹을 수 있으리라 다짐했던 기억을 잊어버리지 않고 있다.

김백만은 다시 응접실 의자에 비스듬히 기댔다. 이제 막 지려는 석양이 커튼과 창문에 비치더니 곧이어 햇살은 계단의 흰 모서리 쪽으로 떨어져 갔다. 그러자 흰 계단은 붉은 저녁 노을빛을 받아 동편 뜨락에 선 산수유나무 가지 사이로 던져버린다.

"어미는 어디 갔냐? 왜 불도 켜지 않고⋯."

어느새 응접실엔 어둠이 밀려들고 있었다. 방 안에 누워 계시던 어머니가 응접실로 나와 전깃불을 켰다.

"글쎄요? 이렇게 늦을 때는 없었는데. 전화도 없이 웬일일까?"

김백만은 형편이 펴이자 아내도 자기처럼 동창 모임이나 계모임에 자주 나간다는 것을 떠올렸다. 하지만 이렇게 늦도록 집을 비우는 예는 없었다. 건강하시기는 해도 연세 많은 어머니를 끔찍이도 염려하는 아내였기 때문이다.

"따르르릉."

김백만은 얼른 수화기를 들었다.

"김백만 씨 맞죠?"

기다리던 아내의 목소리가 아닌 남자의 목소리에 김백만은 또 어떤 단체에서 도와달라는 전화일 거라고 생각했다.

"네, 그렇소."

"당신 부인께 전화 바꾸어 주겠소."

"여 여보, 저 저예요. 아무것도 묻지 마시고 지금 현금 5천만 원을 갖고 푸른 동산 입구로 나오세요! 지금 바로요. 아무에게도 알리지 말고 혼자만 나오셔야 해요."

"도대체 무슨 소리를 하는 거야! 왜 그래?"

"저 시키는 대로만 해 주세요."

다시 전화가 바뀌지며 남자의 목소리가 들렸다.

"쓸데없는 짓 하면 당신 부인은 죽고 말 거요. 꼭 한 시간 후 푸른 동산 정문에서 5십 미터 떨어진 곳의 허리 굽은 소나무 밑둥치에 돈 보따리를 놓아두시오. 그러면 당신 부인을 돌려보내겠소. 신사적으로 합시다. 그럼…."

김백만은 갑자기 피가 거꾸로 흐르는 듯해 잠시 멍해 있었다.

'사람을 납치해 두고 돈을 요구하면서 신사적이라니⋯. 아닌 밤에 홍두깨도 아니고, 무슨 귀신 씨나락 까먹는 소리를 한담!'

그는 한동안 멍해 있다가 '아니, 내가 이러구 있을 때가 아니구나' 싶어 마침 장롱 깊숙이 넣어 두었던 돈을 챙겨 서둘러 차를 몰았다.

김백만은 푸른동산 입구에서 차를 세우고 허리 굽은 소나무를 찾았다. 목표 지점인 소나무는 쉽게 눈에 들어왔다. 범인이 시키는 대로 돈 보따리를 놓아두고 한 2백 미터쯤 물러났다. 잠시 후 범인은 돈 보따리를 들고 갔고 이어서 아내는 굽은 소나무 밑으로 달려왔다.

아내는 달려와 남편을 껴안으며 말했다.

"고마워요! 부탁대로 해 줘서. 경찰에 신고할까 봐 걱정했어요."

"고맙긴. 그까짓 돈이 뭔데. 그 녀석 신사적?으로 하자더니 약속은 지켜주는군. 아무튼 당신이 무사히 돌아왔으니 다행이야."

두 사람은 승용차를 타고 곧장 집으로 돌아왔다. 불과 서너 시간 동안에 벌어진 어마어마한 사건이었지만, 두 사람만이 아는 사건으로 묻어버렸다. 하지만 김백만 내외에겐 그날로부터 어떤 정체불명의 돌멩이에 뒤통수를 얻어맞은 기분을 떨쳐버릴 수가 없었다.

그래서 알지 못할 불안과 공포에 싸이기 시작한 것이었다. 불안뿐만 아니라 돈이 곧 행복일 수 없다는 사실에 대한 생각도 버릴 수 없게 되었다. 그는 서둘러서 가사를 정리하기 시작했다. 지금 사는 집을 팔고 장남과 시집간 딸에게도 재산을 적절히 분배해 주고 이민 수속을 밟았다. 둘째 아이가 이민 가서 사는 캐나다의 노바스크샤로 이민을 가기로 작정한 것이었다. 어느 사이 봄과 여름이 한꺼번에 지나갔다.

　김백만 내외가 노모를 모시고 서둘러 재산을 정리한 다음 이민 수속을 밟고 떠날 무렵은 가을이 짙어 낙엽이 뚝뚝 떨어지고 있었다.

　이들을 실은 여객기는 인천공항을 이륙해 은빛 나래를 펴고 하늘 높이 치솟더니 이내 선홍빛으로 타오르는 저녁노을을 헤집고 점점 허공 속으로 사라져 갔다.

창밖의 무지개

지혜는 휴—하고 숨을 크게 내쉬면서 허리를 폈다. 그리고는 집안 설거지와 청소를 할 때 입은 앞치마를 벗어 주방 벽걸이에 걸었다. 허리와 어깻죽지가 약간 뻑적지근해 와서 그곳을 왼손과 바른손으로 번갈아 가며 몇 번 두들겼다. 퍽도 넓은 평수의 아파트에 사는 지혜는 주방 설거지 말고도 방과 응접실을 청소하는데만도 한 시간은 좋게 걸려서 일을 다 끝내고 나니 온몸에서 땀이 날 정도로 힘이 들었다.

　　오늘도 아들 둘을 학교에 보내고 남편 출근을 시킨 다음 청소를 막 끝내고 나니 벌써 오전 열 시가 다 돼 있었다. 지혜는 거울 앞에 섰다. 홍조 띤 얼굴은 지혜 자신이 보아도 건강미가 넘쳐 보였다. 그런데 이제까지 까맣게 잊고 살았던 생각이 문득 떠오르는 것이었다.

'아, 나도 벌써 중년의 여인이 되었구나!'

그랬다. 지혜도 이제는 중년의 고비를 살짝 넘어 선 것이었다. 그러나 그녀가 지닌 육체의 모든 것이 중년의 고비를 넘어 섰다고는 믿어지지 않을 정도로 싱싱함이 철철 넘쳐 났다.

눈부신 살결이며, 잘 빠진 몸매에다 눈, 코, 입술…. 한마디로 말해 인어 같은 여인이었다.

지혜는 입가에 웃음을 띠고 눈웃음까지 살짝 지어 보았다. 그러면서 종종 남편 앞에서 그러했듯 그녀 특유의 애교까지 표정 속에 살짝 담아 드러내 보였다. 그런 애교 띤 표정은 남편으로 하여금 애정을 끌기엔 충분해서 퇴근해 돌아온 날 밤이면 그 넓은 가슴으로 지혜를 안아 주곤 했다.

거울 앞에 선 지혜는 스스로가 생각해 보아도 예쁘다는 생각이 들었다.

그런 지혜였건만 언제나 가정이란 바운더리 안에서 늘 한갓지게 파묻혀 있었다.

두 아들은 아무런 불평도, 말썽도 없이 곱게 자라주고 학교나 학원에서고 1등을 놓치지 않아 이웃 어머니들의 부러움을 사고 있다. 그 두 아들의 어머니로서뿐만 아니라, 남편의 출세를 돕는 내조자로서의 역할을 다하는 것이 그녀의 삶에 대한 전부로 여기면서 살아온 것이 이젠 어느 사이 중년의 고개를 살짝 넘어 선 지혜였다. 한마디로 말해 그녀는 현모양처의 역할만이 삶의 전부로 생각해 왔던 것이다.

거울 앞에 선 지혜는 가슴을 내밀어 보기도 하고 옆으로 엉덩이를 내밀거나 옆구리를 굽혔다 펴 보기도 하면서 거울에 비친 자기 몸매를 이리저리 살펴보다가 겉옷을 벗고 속옷을 벗어 침대 위에 던졌다. 다시 슈미즈도, 브라자며 거들과 팬티까지 몸에 붙은 것은 다 걷어 냈다. 그런 후 알몸을 거울 앞에서 한바퀴 빙그르르 돌리며 자기의 매끈한 육체를 가만히 훑어보았다. 백옥 같이 흰 몸매가 주름살 진 곳 한 군데 없이 탄실해 보였다. 지혜는 곧 욕실로 들어갔다.

진작 수도꼭지를 틀어놓은 욕조에는 물이 가득히 차올라 있었다. 욕조의 물은 알맞은 온도에 우윳빛 비눗물이 섞여 거품이 부풀어 올라있었고 아르마 로즈 향기가 욕실에 가득 차 있었다.

지혜는 욕조에 들어가 몸 전체를 물에 잠겨 놓고 다리를 뻗었다.

얼굴만 내밀어 놓고 온몸을 두 손으로 가볍게 문지르기 시작했다.

손이 절로 젖가슴에 닿자 자기도 모르게 두 손으로 두 개의 유방을 받쳐 보았다. 팽팽하고 탄력성 있는 두 봉오리는 젊은이 못지않게 부풀어 올라있었다.

아이 둘을 낳고도 모유 한 번 물려주지 않고 송아지처럼 우유로만 기른 덕택이었다. 그녀는 앵두 같은 유두를 몇 번 만지작거리자 아랫부분까지 짜릿함을 느꼈다. 익어 벌어진 밤송이 모양의 그 부분에도 몇 번 만지다가 몸을 씻고 일어섰다. 샤워를 하고 타올로 몸을 닦은 후 평상복으로 갈아입었다. 그래도 점심때가 되려면 아직 일렀다.

지혜는 주방으로 가 푸얼차를 우린 다관과 찻잔을 들고 응접실의 창가로 가 찻상 위에 얹어 놓고 앞에 호젓이 앉았다. 그리고는 향긋한 차를 따라 한 모금 마시며 유리창으로 눈길을 던졌다.

창가에는 봄의 햇살이 눈부시게 빗겨 들어 지혜의 원피스 드레스 자락에 스며들고 있었다. 창 너머로 내려다보이는 봄 풍경은 꽤나 싱그러움으로 깔려있다. 그 싱그러운 풍경 속으로 바람이 가로질러 가는지 나무의 잎사귀들이 잔잔하게 흔들린다.

불어 가는 바람은 아직도 찬바람인지 아니면 훈훈한 바람인지, 더운 바람인지, 짐작이 가지 않은 것이었다. 겨울이 물러가고 봄이 왔다고 텔레비전의 화면 가득 봄소식을 전하고 있었지만 바깥을 나가 본지도 꽤 오래되었기 때문이었다.

남향인 고층 아파트의 중간층에서 내려다보이는 근린공원의 늘어선 능수버들 가지에는 황록색 잎사귀가 피어나 바람에 하늘거리고 있다. 근린공원 너머로는 꽤나 넓은 강이 동남간으로 활처럼 굽어 흐른다. 그 흐르는 강물은 햇빛을 수면에 받아 은빛으로 빛나는데 거기에는 백로 몇 마리가 먹이를 찾느라 고개를 갸웃거리고 있다.

지혜는 이 같은 풍경을 무심히 바라보다가 며칠 전 예고도 없이 몰려와 수선을 떨다가 돌아간 대학 동창들을 문득 떠올리고는 자기도 모르게 한숨을 한 줌 토해냈다.

"푸우—"

그의 한숨이 번져 드는 햇살을 타고 아지랑이에 섞여 창 바깥으로 퍼져갈 때 친구들이 쏟아 놓고 간 말들이 귓속에서 맴을 돌았다.

* * *

"넌 도대체 어떻게 된 애니? 우리 모임에 한 번도 나타나지 않고."

'무지개' 모임의 총무라는 최진숙이 자리에 앉자마자 지혜를 향해 쏟아 놓은 말이었다.

"글쎄, 어찌 살다 보니 그렇게 됐어."

"그러지 말고 나와 봐. 꼭 한 번만이라도. 이렇게 뻿까번쩍하게 해 놓고 살면서 뭐가 부족해서 식모도 데리지 않고 궁상만 떨고 살어?"

대부분 이태리제 가구들로 장롱, 소파, 침대에다, 화려한 장식장에는 동물의 화석이 박힌 수석과 고급 양주가 가득 채워져 있고, 천정에는 크리스털로 장식된 샹들리에가 매달려 있는가 하면

값나가는 명화에다, 고급 명품들이 실내 요소요소에 잘 배치되어 있었다.

고급 에어컨, 냉장고는 물론 벽걸이 대형 TV에선 컬러도 선명한 화면이 바뀌가고 있었다.

학교 시절에 과대표를 했던 민혜경이 집안에 들어서자마자 이곳저곳을 한바퀴 돌아본 후 진숙이 곁에 앉으며 지혜를 부추겼다.

"아무리 재산 불리고 자식 교육 시키고 남편 뒷바라지한다고 해서 그것이 인생의 전부는 아니야. 지금도 봐. 아이들은 학교에 가고 남편은 출근해 버리고 너만 이렇게 남아 있질 않니? 마치 울안에 갇혀 있는 거나 뭐가 달라. 안 그래! 더 늦기 전에 인생을 즐기며 살아야지. 이 민혜경이만 해도 그랬어."

"혜경이가?"

지혜는 혜경이 얼굴을 빤히 건너나 보았다.

"압구정동 파크리오 고층 아파트 알지. 일백 평이 넘는 실내 공간에 최첨단 과학 시스템에 의한 시설은 리모컨 하나만으로 모든 생활이 가능한 아파트지. 그렇게 편하게 살면서도 행복을 못 느끼고 노상 양주잔을 입에 물고 살았다지 않아. 어떤 때는 화장실의 비취색 옥 변기를 걸터고 앉아서 유리창 너머로 내려다보이는 불야성을 이루는 한강의 밤 풍경을 바라보면서도 행복은커녕 문득 혼자라는 생각에 고독을 이기지 못해 자살을 몇 번이나 기도했던 나야.”

“별일이야. 그래서?”

지혜는 눈이 동그레지며 혜경이의 말이 듣고 싶어서 재촉했다.

“세상엔 너, 나 할 것 없이 남편이란 사내들은 다 그렇고 그런 거야. 돈만 벌어 아내에게 던져 주고는 가정에만 파묻혀 있어라 하고 사업상이란 이유 하나만으로 허구헌 날 요정을 드나들며 뭇 여성들과 놀아나는 사내들. 모르면 몰라도 알고 보면 가정이고 재산이고가 뭔 소용 있어. 속 빈 강정이지.”

혜경이의 말을 자르며 옥님이가 말했다.

“그랬던 혜경이도 우리와 어울려서 저렇게 명랑해졌잖니?”

“그래, 어떻게 사는 게 즐겁고 멋지게 사는 건지 가르쳐 줘. 나도 그렇게 살고 싶다.”

지혜는 혜경이의 말을 흘러가는 말로 들은 것이 아니라 귀를 솔깃해 들었다.

그러면서 그들이 얼마나 인생을 즐기면서 멋지게 사는지 궁금했다.

“그래, 나도 나갈 게. 너희들만 인생을 즐기지 말고 나도 한몫 끼워다오.”

“그게 정말이야?”

“정말이지 않고….”

"해가 서쪽에 뜰라!"

"호호호 하하하."

친구들의 웃음소리가 방 안 가득하다.

지혜도 웃음을 얼굴 가득 담으며 친구들을 번갈아 보며 모처럼 맘껏 웃어 보았다.

"그래 잘 생각했다. 며칠 후 전화하마. 그땐 꼭 나와야 한다!"

반옥님이 다짐까지 했다.

이날 모인 사람은 모두 일곱 명이었다. 그래서 '무지개회'란 이름을 붙였단다.

이들은 시도 때도 따로 정함이 없이 수시로 만난다고 했다.

이날도 지혜가 점심을 차리겠다고 했지만 총무 최진숙이 번잡스럽다고 굳이 우기는 바람에 일행은 아파트 인근에 있는 백화점의 식당가에 가서 요리를 시켰다.

카운터 쪽에서 아가씨가 다가와 일행을 방으로 안내한 다음 리모트 컨트롤 스위치를 작동시켜 오디오에서 '라흐마니노프의 피아노곡'을 틀어놓은 후 주문을 받는다.

아가씨의 유니폼은 퍽이나 산뜻해 보였다. 하얀 블라우스에 검정색 투피스를 입고 갈색 깃털모자를 썼는데 목에는 하늘색 스카프를 둘렀다.

"언제나 마시는 그걸로 하지 뭐. 레드와인. 프랑스 산 매도크! 그리고 고기는 스테이크."

역시 총무 최진숙이 와인부터 주문을 하자 뒤따라 들어온 남자 웨이트리스가 물었다.

"어떻게 해 드릴까요?"

"미디엄으로 하면 어때?"

최진숙이 친구들을 둘러보며 식성을 물었다.

"그래, 그게 좋다. 너무 익혀 먹으면 촌스럽단 소리 들을 테니까."

체크무늬 바지에 베이지색 와이셔츠 위로 브이넥 검정 조끼를 걸친 산뜻한 유니폼의 남자 웨이트리스는 중년의 여인들에겐 꽤나 신선한 느낌으로 호감을 갖게 해 주었다.

곧이어 젊은 웨이트리스는 손님의 수대로 크리스털 컵에다 매도크 와인을 칠 부 정도 씩 따르기 시작했다.

"땡큐!"

지혜가 자기 앞의 잔에 와인을 따르는 웨이트리스를 보고 인사를 했다.

젊은 웨이트리스도 가볍게 웃으며 답례를 했다.

"나이스 투데이!"

웨이트리스는 지혜 옆에 있는 반옥님에게도 와인을 따랐다.

"땡큐! 앤 아이 러브 유우."

그 말에 웨이트리스는 잠시 움찔하다가 얼굴을 살짝 붉히며 싫지 않은 미소를 띤 채 "땡큐!"하고는 주방 쪽으로 천천히 걸어

간다.

"호호호 하하하하."

다들 웃음을 터뜨렸다.

"반옥님의 저런 끼가 멋있어. 그래서 우린 항상 즐겁거던."

최진숙이 와인 잔을 높이 치켜들며 브라보를 외쳤다.

"자, 우리의 청춘은 우리가 되돌리는 거다. 청춘을 다시 찾기 위하여 브라보오!"

다 함께 쟁그랑 소리가 나게 와인 잔을 서로 부딪쳤다.

그들은 약간의 핏빛이 도는 스테이크를 들기 시작하자 헤네시 꼬냑을 불러 거침없이 따라 들며 수다를 떨기 시작한다. 친구들이 함부로 쏟아 놓는 말을 지혜는 진담인지 농담인지 몰라 그저 건성으로 들어 넘기다가 저녁 지을 무렵에서야 일어섰다. 남편이야 으레 늦게 들어오겠지만 학교에 갔다 돌아올 아이들을 생각해서였다.

"그럼 먼저 들어가 봐. 다음에 전화하면 꼭 나와야 돼!"

"알았어. 너희들이야말로 꼭 전화해 줘."

* * *

유리창으로 번져 드는 햇살에 차향기가 섞여 향긋하게 퍼져 갈 때 친구들이 하던 말이 쟁반에 옥구슬 구르는 소리처럼 쟁쟁

하게 귓속을 맴돌았다.

"늦기 전에 인생을 즐기며 살아야지. 전화하면 꼭 나와라! 집에만 박혀 궁상떨지 말고."

지혜는 친구들로부터 전화가 오기를 기다렸다. 아니, 자기가 먼저 전화를 걸어 볼까도 생각하면서 차를 마셨다.

마침 그때였다.

"따르릉"

전화벨이 울렸다.

"지혜니? 나 진숙이야. 최진숙."

"웅, 나야. 잘 있었니?"

"그래, 너 지금 뭣 하고 있어?"

"뭐, 아무 것두…."

"그래, 그럼 지금 나올 수 있겠네. 우린 벌써 다 모여 있어."

"어디루?"

"너네 집에서 나와 강변로를 주욱 따라 내려오면 첫 번째 다리가 있어. 그 다리 밑을 지나자마자 우회전해서 한 오백 미터쯤 오다 보면 우측으로 '복사꽃 살구꽃'이란 가든이 있어. 거기로 와. 지금."

"그래, 알았다. 곧 갈 테니 기다려."

이래서 지혜는 두 번째로 친구들에게 불려 나가 이번에는 '복사꽃 살구꽃'에서 만났다.

그들과 더불어 차도 마시며 며칠 전처럼 수다를 떨다가 점심을 먹은 후 친구들이 잘 간다는 레스토랑의 밀실에서 고스톱도 하다가 양주도 한 잔씩 꺾었다.

친구들은 한 잔씩 한 김에 흰소리인지 검은 소리인지는 몰라도 애인을 부르겠다며 큰소리치더니 어딘가에 전화를 했다. 지혜의 친구들은 하나 같이 거리낌이나 주저함이 없었다.

"지혜 너도 애인 한 사람 가져 볼래?"

반옥님이 게슴츠레한 눈빛으로 지혜의 양어깨에 두 팔을 얹고는 말했다.

벌써 술이 거나해진 옥님은 혀 꼬부라진 소리를 냈다.

지혜도 몇 순배 받아 마신 술기운에 벌써 간이 남산만큼이나 부풀어 올랐다. 그래서 자기도 질세라 큰소리 한번 쳐주었다.

"그래, 넌 애인이 몇이라도 되니? 혼자 갖지 말고 나눠 갖자 애. 하나쯤 줘 봐."

"정말이지?"

"그래, 내 앞에 당장 대령해 봐."

옥님이는 정말 자기가 사귀는 남자의 친구라는 사람에게 전화를 했다.

"좀 있으면 올 거야. 대기업의 중역이야. 별 부담 안 가져도 돼."

그러고는 친구들 모두가 하나둘 각자 전화 통화로 약속한 애인을 만난다며 어디론지 사라졌을 때 중년 남자 한 사람이 지혜

곁에 와서 정중히 앉으며 인사를 했다.

"처음 뵙겠습니다. 반옥님 씨로부터 이야길 잘 들었습니다."

나길준이라고 말하는 그 남자는 명함 한 장을 내밀었다.

"아, 네. 그러셨어요?"

지혜는 처음 만나는 외간 남자를 유심히 바라보았다.

나길준이라 말하는 사나이의 첫 모습은 술김에 보아도 한눈에 정감 넘치는 사내로 다가왔다.

사내라곤 남편밖에 몰랐던 지혜가 자기도 모르게 처음 만난 그 사나이가 서먹함이라곤 털끝만큼도 없이, 마치 초등학교 시절의 동창생이라도 만난 듯 스스럼없이 대해 주자 그도 지혜 못지않은 친절을 베풀어 주었다.

두 사람은 그렇게 많은 시간을 끌지 않고도 행복의 문을 두드릴 수가 있었다.

리브사이드의 러브호텔로 나란히 들어갔다.

곧장 욕실에서 샤워를 하고 나온 두 사람은 푹신한 더블베드에 나란히 누웠다.

사나이와 나란히 누운 지혜는 약간의 불안과 공포와 자책감은 있었지만, 진하디진한 관능의 쾌락이 황홀함으로 이어지면서 불안과 공포와 자책감은 멀어져 갔다.

'아, 바로 친구들이 말하던 인생의 즐거움이란 이런 것이었구나! 나는 그동안 정말 바보였어. 역시 밤이어야 별이 빛나듯, 나

만의 비밀이 있어야 인생의 쾌락과 행복이 있는 것이로구나.'

지혜는 조금 전까지만 해도 사내가 하는 대로 몸을 맡겼지만 이제는 조금도 주저함이 없이 본능대로의 관능을 희롱하며 만끽했다.

남편과의 관계에서 느껴 보지 못했던 묘한 감정이 물결치듯 솟아오르며 괴성까지 뿜어냈다.

지혜는 소리 없는 탄성을 지르며 사내의 몸을 감고 조였다.

지혜의 이 같은 몸부림은 세상의 그 어떤 것과도 비교할 수 없는 쾌락이라 생각했다.

사내 역시 성의 기교는 지혜의 오르가즘을 수그러들지 못하게 만들었다.

이렇게 두 사람의 달콤한 관계가 끝났을 무렵에는 호텔의 창 너머로 별빛이 성글게 빛나고 있었다.

달콤한 사랑과 정력을 분수처럼 뿜어내던 나길준은 오늘은 좀 일찍 집에 들어가야 한다며 룸 도어 앞에 서서 말했다.

"시간 나는 대로 반옥님 씨에게 연락을 하겠습니다. 자주 뵐 수 있는 기회 주십시오."

그렇게 여운을 남기고 사라져 갔다.

지혜는 혼자 사내와 나란히 누웠던 침대 위에 다시 가 누웠다. 사내가 묻혀 놓고 간 살내음이 그녀의 코에 배어 왔다. 그녀는 혼자 중얼거렸다.

'누군가가 말했듯 인생은 스쳐 가는 바람이야. 나라고 남편과 자식들만 바라보고 살란 법이 어디 있겠어.'

남자가 나가고 한참이나 있다가 호텔을 나선 지혜는 나길준이란 사내와의 황홀했던 순간들을 애써 지우려 들지 않았다. 오히려 그의 체취를 오래오래 간직하고 싶었다.

그렇게 자위를 하면서 호텔을 빠져나와 택시를 탔을 때는 은연중 알지 못할 자책감이 전신을 휘감아 왔다. 몸이 자기도 모르게 오싹해졌다.

집에 들어섰을 때는 다행히도 그날은 남편이 출장에서 돌아오지 않았다.

그로부터 며칠이 지났다. 반옥님으로부터 전화가 왔다.

"어땠었니? 재미가 말야. 나羅 이사로부터 전화 받았어. 좋은 분 소개해 줘서 고맙다구. 자주 만나게 해 달래더라."

"…"

지혜는 반옥님에게 뭐라고 말을 해야 할지 몰라 잠시 망설였다.

"왜, 대답이 없어, 왜?

"…"

"그래, 뭐라고 했니?"

"뭐라 하긴. 본인이 직접 전화하라고 너 전화번호를 가르쳐 주었지. 헌데 아직도 연락이 없었니?"

"아직…"

아직, 이라고 하는 걸 보니 너 많이 기다렸구나. 곧 전화 갈 거야. 사내들이란 원래 외식을 좋아하는 동물들이니까."

안옥님은 친구들의 근황과 자신의 이야기를 줄줄이 섞어가며 '인생을 즐겁고 멋지게 사는 비법'과 함께 자신의 경험담을 숨김없이 털어놓는데 꽤나 긴 시간을 할애했다.

그리고 전화를 끊었을 때 잇달아 전화벨이 울렸다.

"윤 여사시지요?"

단번에 알아들을 수 있는 목소리였다. 그러나 나지막한 소리로 말했다.

"네."

"안녕하십니까? 저 나길준입니다."

"안녕하세요?"

"지난번에 즐거운 시간을 주셔서 감사했습니다. 언제 또 만날 기회 주시겠는지요?"

"…"

지혜의 마음 같아서는 당장 그날 그 호텔에서 만나자고 하고 싶었지만 아무 말을 하지 않았다. 그날 있었던 그와의 관계가 순간도 잊혀지지 않았을 뿐만 아니라 그를 향한 욕망의 불길은 날이 갈수록 활활 타오르고 있었기 때문이다. 그래서 그이라면 한시라도 빨리 만나고 싶었다.

이쪽에서 말이 없자 나길준이 다시 말했다.

"혹시 실례의 말씀을 드린…"

"별말씀을요. 내일과 모레는 좀 그렇고…"

"아, 그래요. 그렇담 오늘 오후는 어떨는지요?"

"오늘이라면…"

"그럼 그때 그 호텔 스카이라운지에서 12시 반에 만나 점심이라도 같이하죠."

남자는 전화를 끊었다. 지혜는 시계를 들여다본다. 아직 열 시도 되지 않았다.

평소 같았으면 남편 출근과 두 아이 등교 후에 집 안 청소로 땀을 흘리고 있을 시간이었다. 그러나 나길준을 만나고 나서는 식사 후 그릇 정도 씻어 놓을 뿐 집 안 청소는 생각도 하기 싫었다. 서너 시간 후이면 만날 나길준만 생각나서 그 시간이 기다려지기만 했다.

서둘러 샤워를 하고 나와 옷을 입기 시작했다. 남편이 출장 일주일 만에 돌아와 지혜에게 내민 고급 팬티를 매끈한 두 다리 위로 밀어 올려 가장 중요한 곳을 덮었다. 이어 코르셋을 입고, 브라자를 하고, 슈미즈를 걸친 다음 요즈음 한창 유행인 보라색 투피스를 입기 전에 화장을 하기 시작했다. 어쩐지 화장에도 그 어느 때 보다 신경이 쓰였다.

세안을 한 후 피부가 마르기를 기다렸다가 골드를 바르고 스킨로션으로 닦은 후 선크림을 바른 다음 메이크업 후 파운데이션을 찍어 콤팩트로 얼굴을 톡톡 두드렸다. 그리고 볼 터치까지 한 다음 눈썹을 붙이고 아이라인을 긋고 아이섀도 후 선혈 같은 립스틱에 반짝이까지 곁들이고 나서는 손, 발톱에 은색 매니큐어를 칠했다.

잠시 거울을 들여다보며 투피스 정장을 했다. 디오르 향수를 양 겨드랑이에 뿌린 후 또 액세서리로 몸을 장식한다. 여러 모양의 귀걸이 중 앙증스럽게 생긴 드비어스 백금 링을 양 귀에 걸었다. 십자가가 달린 목걸이에, 팔찌, 다이야반지 등을 걸거나 낀 다음 연한 주황색 선글라스를 썼다. 마지막으로 브이아이피 카드 몇 장과 현금 한 뭉치를 넣은 명품 핸드백을 손목에 건 다음 또 한 번 거울 앞에서 몸을 빙그르르 돌려 본다.

그리고 살짝 짓는 눈웃음 속에 애교까지 섞어 보았다. 만족했다.

지혜는 그제야 시계를 올려다본다. 리브싸이드 러브호텔 스카이라운지에서 12시 반에 나길준과 만나기로 했으니 지금 나서면 알맞은 시간이라고 생각한 지혜는 엘리베이터를 타고 내려가 아파트 단지 정문 앞에서 택시를 잡아탔다. 다른 때 같았으면 자가용을 몰고 가겠지만 지금은 그럴 처지가 못 되었다. 유리창을 배시시 열었더니 차창 밖으로 흐르는 봄 풍경과 더불어 시원하고 상쾌한 공기가 얼굴을 스쳐 갔다.

지혜는 백미러에 비친 자기 얼굴 모습을 잠시 보며 몇 개 날리는 머리카락을 가만히 손가락으로 걸어 올렸다. 정성을 다해 화장한 얼굴빛은 복사꽃 같은 화사함이 넘쳐 흘렀다.

지혜는 눈을 사르르 감았다. 곧 만나게 될 나길준의 건장한 육체가 뿜어 주던 관능의 쾌락이 상상되며 아랫도리가 짜릿하게 요동쳐 왔다.

"사모님, 다 왔습니다. 내리세요."

지혜는 잠시나마 꿈에서 깨어난 듯 서둘러 내렸다. 그리고는 천천히 여유로움과 품위 있는 걸음걸이로 호텔로 들어가 엘리베이터를 탔다.

28층에 있는 스카이라운지에는 나길준이 먼저 나와 있었다.

서로 반갑게 인사를 나눈 다음 양식을 시켜 들었다. 스카치도 몇 잔 곁들였다.

그들은 이심전심이라 오래 머물러 있을 장소가 아님을 알고 곧 자리를 옮겼다.

한강이 한눈에 들어오는 호텔의 룸에서 먼젓번보다 더 진하고 황홀한 관계를 가졌다.

지혜에겐 나길준과의 밀회 밖엔 그 어느 것도 필요치 않았다.

거의 한 달간을 사흘이 멀다 하고 둘만의 밀회를 즐겼다. 그러던 어느 날 '무지개'회 총무인 최진숙이로부터 전화를 받았다.

"깨가 쏟아지는 모양이지? 전화 한 번도 주지 않고…."

"너희들이야말로….”

"애, 알만 하다야. 우리도 다 함께 경험한 선배들이니까. 헌데 한 사내에게만 너무 빠지면 못 쓴다. 한 번 더 눈길을 옆으로 굴려 봐. 주위엔 그 남자 말고도 얼마든지 널려 있으니까. 다만 주의할 게 있어. 상대방 신분 정도는 파악할 줄 알아야 해. 점잖고 사회적 체면을 중시하는 사내들이어야 된다 그 말이야. 그래야만 싫증이나 돌아눕는다 해도 사회적 체면 때문에 문제도 없고 뒤끝이 깨끗해.”

"…”

지혜는 최진숙의 엄청난 이야기에 가슴을 쓸어내리기만 했다.

그런데 어느 날 교회에 나갔다가 정말 우연히도 나란히 앉게 된 사내에게 가벼운 눈웃음 한 번 준 것이 인연이 돼 두 번째의 사내를 만났다. 그는 변호사이면서 교회 장로였다. 지혜는 남편이나 나길준에게서 오는 또 다른 섹스의 감미로움을 느꼈다.

지혜는 이제 남편 이외의 다른 남자를 만나 성의 쾌락을 누린다는 사실에 대해 죄의식이나 두려움도, 망설임도 없었다.

'늦게 배운 도둑질 새벽을 모른다'는 말이 무색해지도록 만든 지혜는 다섯 번째로 산부인과 김 원장과 쉽게 관계를 맺었다. 평소 간단한 몸살이나 감기 정도로 동네 병원인 김산부인과를 들락거렸지만 날이 갈수록 대담해진 지혜는 자궁진찰을 핑계로 김 원장 유혹에 쉽게 성공한 것이었다. 지혜가 김 원장과 호텔 방 더블

베드에 누워 능수버들 같은 몸매로 김 원장을 휘감고는 끓어오르는 욕망을 한껏 뿜어내고 있을 때 하필이면 핸드폰이 울렸다.

그녀는 하던 동작을 잠시 멈추고 한 손으로는 김 원장의 그것을 만지작거리면서 바른 손을 길게 뻗어 핸드폰을 잡았다.

남편이 회사에서 한 전화였다.

"지금 뭣 하고 있어?"

"…뭐, 뭣하고 있을 것 같애? 왜 물어?"

"아니 뭐. 오늘 밤엔 바이어들과 만나 술대접을 해야 하거던. 그래서 늦거나 못 들어가게 될지도 몰라서 전화한 거야."

"그래요? 나도 일 좀 보고 들어가면 피곤할 테니 문 걸고 일찍 잘게요."

외간 남자를 끌어 앉고 제 남편과 통화까지 하는 대담성에도 지혜는 익숙해져 있었다.

'악은 바늘처럼 들어와 참나무처럼 퍼진다'는 사실을 지혜가 절실하게 깨닫기까지는 그 후 다시 여럿의 사내들을 만나고 나서였다.

그러나 그때는 이미 늦어 있었다.

반들거리던 가구마다에는 먼지가 켜로 앉아 있었고, 정결하게 잘 정돈돼 있던 집안의 구석구석은 어수선해 을씨년스럽기 짝이 없었다.

집안은 비워뒀던 산막처럼 변했어도 비둘기의 마음이 콩밭에

가 있듯, 지혜는 늘 바깥을 나돌기에 바빴다.

어느새 갔는지 봄도, 여름도 후딱 지나가고 낙엽이 뚝뚝 떨어지는 가을의 끝자락에 들어서는 절기였다.

그야말로 봄꿈이 깨기도 전에 뜨락의 오동잎 떨어지는 소리를 듣게 된 셈이었다.

흐르는 세월을 잊고 살만큼 지혜도 '무지개'회의 친구들 말대로 멋지고 즐겁고 행복한 나날을 보냈기 때문이었다.

그러했던 지혜도 어느 날 갑자기 몸도 마음도 시들해 아파트의 베란다에 혼자 우두커니 서 있었다. 무심히 바라본 창밖에는 가을비가 추적추적 뿌려지고 있었다.

그때 언제 들어왔는지 남편 승훈이 지혜 곁으로 다가서며 말했다.

"이것 보고 알아서 잘 처리해!"

지혜의 앞으로 팽개치다시피 던진 물건은 한 다발의 사진과 편지 한 통이었다.

그동안 지혜의 행적을 낱낱이 추적해 찍은 사진과 거금을 요구한 협박 편지였다. 편지의 내용과 사진은 개봉된 것으로 봐 남편 승훈이 이미 다 읽고, 펼쳐 본 것이었다.

어떤 협박 공갈범이 보낸 것인지 생각할 여유도 없었다. 얼결에 그것들을 움켜쥔 지혜의 손은 부들부들 떨렸다. 그와 동시에 움켜쥐어졌던 물건들이 응접실 바닥에 떨어지자 어지럽게 흩어

졌다

갑자기 지혜의 입속에는 쓸개즙보다 더 쓴 진한 액체가 고여져 왔다.

아파트의 중간층쯤에서 내려다보이는 넓은 강물에는 정결한 늦가을의 햇살이 걷히면서 추적추적 뿌려지는 빗줄기를 타고 무지개가 섰다.

아무 일도 없었던 듯 창밖의 비는 소리 없이 뿌려지는데, 지혜에게는 지난날의 환희는 어디로 사라지고 포악스런 고통만이 자책과 회한이 범벅된 채 가슴 가득 차올라왔다.

지혜는 그럴수록 본래의 자기로 돌아가려 몸부림을 쳐봤지만 이미 본래의 자기는 사라져버리고 없었다. 공부가 끝나고 이제 막 돌아온 아들 두 녀석이 응접실 바닥에 어지럽게 흩어진 물건들을 아무 말 없이 내려다보고 있는데….

어느 사이 지혜의 양 볼에는 두 줄기 눈물만이 주르르 타내릴 뿐이었다.

여전히 창밖의 비는 소리 없이 내리고 있었다.

흔들리는 황혼

"딩동, 딩동."

차인벨 소리와 함께 벽시계 옆에 붙은 화상폰에 여인의 얼굴이 떴다.

"조금 전에 전화 드렸던 도우미에요."

"네, 그러세요. 문은 열렸으니 그냥 들어오세요."

가만히 현관문을 열고 들어서는 여인은 여유롭고 편안한 얼굴을 살포시 펴 밝게 웃음 짓고 있었다. 김 박사가 소파에서 일어서서 그녀를 맞이하자 몇 걸음 그의 앞으로 다가선 그녀는 크지도 작지도 않은 음성으로 인사를 했다.

"안녕하세요, 김 박사님."

그렇게 첫인사를 하는 그녀의 얼굴에는 밝은 웃음과 편안함이 가득히 넘쳐흘렀다.

"어서 오세요."

김 박사도 반갑게 인사를 했다.

김 박사는 펼쳐 놓았던 조간신문을 접어놓고 소파 옆에 놓인 조그마한 테이블 앞 의자에 그녀를 앉도록 권유하며 자기도 마주 앉았다.

이렇게 도우미로 석 여사와의 첫 만남이 이루어진 것은 아내와 사별하고 두어 달이 지났을 때였다. 중앙부처에서 오랜 세월을 함께 보내다가 다 같이 정년퇴임을 했던 친구 민영철이 어느 날 불쑥 나타나 말했다.

"자네 재혼할 때까지는 당분간 파출부라도 들여야 되지 않겠나?"

김 박사는 한참이나 머뭇거리다가 대답했다.

"파출부를 둔다…?"

"남편은 교수로 있다가 정년퇴임을 한 후 연금으로 생활한다고 들었는데 그 부인이 자네라면 도우미가 돼 주겠다는 거야."

"교수의 부인이 아닌가? 그런 분이 어째서 파출부로?"

"단순히 돈을 번다는 게 아니라 일종의 봉사라고 여기는 도우미 역할을 하겠다는 게지."

"글쎄…. 그의 남편도 주유소에 나가 일을 한다니까."

"허허 거 참!"

그리하여 석나미 여사를 도우미로 맞이하게 된 것이었다.

두 사람이 생면부지의 첫 만남이었음에도 불구하고 자주 만났던 친구처럼 어색함이 없었던 것은 순전히 석나미 여사의 사글사글한 언어와 깍듯이 하는 예절, 그리고 교양미가 넘쳐나는 데서 연유했다. 거기다 서로가 새삼 소개할 필요 없이 들은 바 있어 알 만큼은 알고 있었기 때문이었다. 그래서 새삼 별도의 인사를 나누지도 않았다. 석 여사는 단도직입적으로 말했다.

"거두절미하고 도우미로서 몇 말씀 드리겠습니다. 하루의 근무 시간은 노동법이 규정한 대로 아침 7시에서 오후 5시까지로 하되 한두 시간은 신축성 있게 운영하겠습니다. 도우미로서 주어진 일은 세 끼의 식사 준비, 세탁, 청소, 시장 보기 및 선생님의 잔심부름 정도가 되겠습니다. 그 외에도 더 부탁하실 말씀이라도 계신지요?"

김시형 박사는 이날 이때까지 살아왔어도 도우미를 써 본 적도 없고 도우미가 어떤 일을 하는 직업인지도 알지 못해 그저 그녀가 하는 말만 듣고 고개를 끄덕일 뿐이었다.

"그럼, 일과를 시작하겠습니다. 참, 한 가지 더 말씀드릴 것은 '팬티'만은 손수 세탁해 쓰세요."

김시형 박사는 잔잔한 웃음을 얼굴에 펴면서 역시 고개만 끄덕였다.

"제가 임시로 쓸 방은요?"

"저쪽 화장실 겸 욕실 옆방입니다."

석 여사는 김시형 박사가 가리키는 방으로 들어가더니 이내 간편한 옷차림으로 에프론까지 걸치고 곧장 주방으로 간다.

　그녀는 주방의 곳곳을 대충 훑어본 후 쌀 채독에서 2인 분량의 쌀을 잡곡과 섞어 전기밥솥에 안친다. 그리고는 김 박사 며느리들이 며칠 전부터 준비해 둔 찬거리로 반찬을 장만하여 아침상을 내오는데 걸리는 시간은 한 시간 남짓했다.

　"자, 드십시오. 저의 음식 솜씨가 어떠실는지요?"

　"수고하셨습니다. 같이 드세요."

　"네."

　도우미 석 여사는 김시형 박사가 먼저 수저 들기를 기다렸다가 함께 아침 식사를 하기 시작했다. 식사를 하면서 석 여사가 말했다.

　"식단은 주별로 짜서 미리 말씀드리고, 시장 보기는 주 2회로 하겠습니다. 특별히 주문할 것이 있으면 수시로 말씀해 주세요."

　"네, 그러죠. 하지만 너무 염려하시지 않아도 됩니다. 저는 평소 아내가 해 주는 대로 식사를 해 왔으니까요."

　"그렇지만 식생활에도 습관이란 게 있으니까요. 즐겨 드시는 음식이라든가 뭐 그런 것 말예요."

　"상관 마세요. 아무거나 잘 먹으니까요."

　김 박사는 석 여사가 차려준 아침 식사를 하면서 그녀가 마련해 준 음식 맛이 어쩜 아내가 해 주던 음식 맛과 비슷하다고 느꼈다. 자그마한 질그릇 뚝배기에 보글보글 끓는 토장국의 냄새와 맛에서 아내의 모습이 떠올랐다.

아내 민소영은 결혼 후 오십 년을 살 섞고 얼굴 맞대고 살아 왔지만 남편을 주방 근처에도 얼씬하지 못하게 했다. 그것은 남편에 대한 예우이기도 했지만, 마치 여자만이 소유하고 있는 핸드백을 남에게 펼쳐 보이는 듯한 기분이 들어서라고도 한 적이 있다. 아내는 주방이란 공간에서 자기만의 독특한 솜씨와 정성으로 남편과 자식들을 위한 조리사로서의 역할을 해 오면서 행복과 희열을 느끼며 살아온 여인이었다.

그녀의 손에서 만들어진 음식들은 영양과 맛과 위생이 함께 곁들어져 가족들의 건강과 행복을 소복소복 자라게 해 주었다. 아내가 만들어 준 음식 맛에 길들여진 김 박사의 입맛은 그래서 외식을 즐기지 않았다.

아침 식사를 끝내자 도우미 석 여사는 굼뜨지 않은 동작으로 식탁을 정리하고 이내 차 대신 구수한 숭늉까지 김 박사 앞에 갖다 놓는다. 그리고는 주방에서 그릇을 씻느라 손놀림이 분주했지만 그릇 부딪히는 소리 한 번 내지 않았고 그저 간간이 수돗물 쏟는 소리만 들릴 뿐이었다. 그렇게 시작한 도우미 여사의 하루 일과는 집안 곳곳의 청소와 정리, 그리고 세탁기로 빨래를 하고 서가의 먼지를 닦아 내는가 하면 틈틈이 김 박사가 들 간식을 내놓고, 세 끼의 밥을 짓고, 반찬을 장만하고….

그런 일을 하면서 노상 입을 닫아 놓는 법이 없어 어느 날이나 그러했듯 그녀는 고개를 돌려 김 박사에게 시선을 주면서 연신 이야기를 이어 갔다.

"선생님의 서가에는 제가 읽지 못한 책들이 많아요. 그 많은 책들 중에는 선생님의 저서도 많고 세계의 고전들도 수두룩하네요."

"보시고 싶은 책이 있다면 언제든지 가져가서 읽어도 돼요."

"네, 그러잖아도 어제 서가를 청소하다 보니까 톨스토이의 인생론과 스탕달의 연애론이 있어 대학생 때에 그것들을 읽고 현실에서 희열과 행복과 욕망 그리고 자유분방을 추구했던 그 시절이 그리워 다시 읽어봤으면 했어요. 그런데…."

"그런데, 지금은 어떠세요?"

"요즈음은 나이가 들어 그런지는 모르겠으나 현세에 대한 생각보다는 사후에 대한 회의에 얽매이는 경우가 많아요. 예를 들면 한스 홀저의 '사후의 생명'에 대한 궁금증 같은…"

"그래요? 소위 '심령과학'에서 말하는 사후의 저승 생활과 영혼은 어떤 형태로 존재하며, 저승에 가서도 이승과의 교신이 있는가 하는 문제를 연구한 영혼불멸론 같은 것에 대한 관심이겠군요."

오늘도 도우미 여사는 연신 그릇을 닦고 주방 청소를 하느라 부지런히 손놀림을 멈추지 않으면서도 이야기를 이어갔다.

"네. 바로 그런 점에 관해서인데 그 책에는 성전聖典에서 인용한 말이라고 씌어 있지만, 저승에서 인간의 영혼을 세 개의 몸으로 보고 그 첫째가 상념체想念體이고, 둘째가 정신적이고 감정적 존재로서의 정묘한 유체幽體, 그리고 셋째가 거친 육체를 들었어요. 그래서 이승의 인간은 육체적인 감각을 우선하고 있으나 유체의 세계는 의식과 감정과 프라나[生命素]를 소유한, 지극히도 행복한 상념의 세계 속에 산다고 돼 있었지요. 정말 그럴까요?"

김시형 박사는 소파에 앉아 지그시 눈을 감은 채로 그녀의 이야기를 듣고 있다가 느닷없는 질문에 눈을 뜨고 그녀를 보며 말했다.

"글쎄요. 영혼의 실체 여부에 관하여서는 찬반이 엇갈리고 있어 어느 쪽이 옳다고 단정할 수는 없으나 흔히들 말하기를 영구히 존재하는 영혼이 이승에서의 삶에서 육체를 잠시 빌려 쓰다가 노쇠해지고 병들어 썩는 육신을 버리고 영생을 위해 영혼만 떠난다고들 하지 않아요."

"그럼, 선생님도 영혼의 존재를 인정하시는군요."

"인정한다기보다는 그렇게 생각하는 것이 좋겠지요."

"선생님, 제가 어느 책에서 본 이야기입니다만, 니카라과에 사는 한 시인이 있었더래요. 이 세상의 모든 것은 다 가졌다고 큰소리치며 오만하게 살아가는 소모사라는 거부를 주인으로 모시고 사는 시인이었죠. 그 시인이 리고베르토 로페스였는데 주인 소모사와는 정반대로 이 세상의 그 어떤 것도 가진 게 없는 사람이었대요. 어느 날 소모사의 저택에서 네 발의 총성이 울렸고, 동시에 주인 소모사는 쓰러지고 말았더랍니다. 물론 총을 쏜 자는 소모사의 하인 리베르토 로페스 시인이었죠. 총을 맞은 소모사는 미국 비행기로 미국병원의 미국 침대에서 치료를 받았지만 숨을 거두자 다시 니카라과로 돌아와 묻혔답니다. 가진 것이 많았던 소모사는 죽어서도 그 묘지까지 보호받아 삼엄한 경계가 펼쳐졌던 거예요. 그런데 그 삼엄한 경계를 뚫고 비웃기나 한 듯이 누가 그의 묘비에다 이런 글을 써 붙였더랍니다. '여기 살아 있을 때보다 조금 더 썩은 소모사가 누워있도다'라고요."

김 박사는 도우미 석 여사의 옥구슬이 구르는 듯한 음성과 부드러운 언어와 무슨 얘기든 막힘없이 엮어내는 해박한 지식에 매료되어 날이 갈수록 흥미와 관심을 갖고 듣게 되었다.

그녀는 걸레를 빨아 응접실이나 방바닥을 닦을 때도 김 박사와 가까운 곳일 때는 작은 목소리로, 좀 거리가 떨어지면 약간 큰 목소리로 그녀가 하고 싶은 이야기를 구수한 입담으로 흥미진진하게 들려주는 것이었다. 그러니까 언제나 일하며 말하는 쪽은 석 여사이고 조용히 듣는 쪽은 김 박사였다.

"저가 소모사의 이야기를 하는 것은, 인간들이 모든 것을 다 가졌다 해도 백 년을 누리지 못 하는 삶에서 영혼으로 돌아갈 때는 다 버리고 갈 것이 아니겠어요. 그런데도 이승의 삶에서 소유

욕으로 인해 저승으로 갈 영혼마저 더럽히지 않을까 하는 두려움 때문이에요.”

“그런 우려를 할 만도 하네요. 뭐, 때 묻은 영혼이랄까!”

이렇게 김 박사는 오늘도 도우미 석 여사의 중단 없는 이야기를 듣노라니 아내와 사별하고 실의와 허탈과 니힐로 무력감에 빠져 한동안 우울증에서 헤어나지 못하고 있었는데 도우미 여사의 출현으로 날마다 그녀가 들려주는 이야기에 빨려들어 이제는 어느 정도 시름을 잊게 되었다.

그런데 1주일마다 꼭 하루씩은 나오지 않았다. 물론 오던 첫날 예고를 해준 바는 있지만 그렇게 하는 이유를 그녀도 말하지 않았고 김 박사도 물어보지 않았지만 늘 궁금했다. 그녀가 나오지 않는 날은 무료하고 심심해 종일 혼자서 책을 읽거나 멍하게 창 바깥을 내다보며 하루를 보내곤 했다. 그렇게 꼭 한 달이 지났을 때 김 박사는 생각을 바꾸었다. 비록 중앙부처의 고급 관리로 정년퇴임을 하긴 했으되 여럿 되는 자식들 공부시키고 시집장가 보내고 나니 내외 단둘이 살 집 한 채 장만하지 못한 처지였다. 해서 남들은 퇴직 후 연금으로 노후생활 대책을 세웠지만 김 박사는 퇴직금을 일시불로 지급 받아 그의 아내가 소원하던 집 한 채를 사서 내 집 마련의 소원을 풀어줬지만 생활이 막연했다. 하나 자식이 여럿인데 무슨 걱정 하랴 싶었다.

다행히 5남매의 자식들은 형편에 따라 돈을 모아 부모의 생활비를 마련해 주었다. 아내는 그 대가로 손자 손녀들을 돌봐주느라 부지런히 5남매의 집을 오갔다. 김 박사는 퇴직 후 자서전을 쓰느라 시간을 보냈다. 아내는 과작寡作이긴 해도 때때로 무게 있는 시와 수필을 썼다. 때가 언제쯤 될는지 모르지만 시집이나 수필집 한 권은 내야 되겠다고 늘 벼르는 아내였다. 아내는 아파트 베란다에다 갖가지 화초를 길렀다. 불과 서너 평 되는 공간에다 그녀가 원하는 꽃과 풀을 심어 놓았다. 그리하여 밤이면 그 곁에 의자를 놓고 김 박사를 불러 마주 앉아 "우리는 참 행복해요." 하는 말을 자주 했다. 특히 별이 빛나는 밤을 좋아해서 그런 밤이면 창문을 열고. 별과 바람을 불러들이고 로즈마리 향기 짙은 따뜻한 차를 따라주었다. 그러던 아내가 세상을 떠났다. 아내가 약 1년 동안 앓다가 임종하던 병실의 창으론 그날 그 시각에도 붉게 타던 저녁놀이 스러져갈 때 하늘의 성근 별들이 창으로 얼굴을 드밀고 있었다. 아내는 참으로 평화롭고 맑은 얼굴빛으로 숨을 거두었다. 마중해온 별을 따라 바람과 더불어 그렇게 떠난 아내임을 지금도 잊을 수가 없다. 김 박사는 혼자 이런 생각에 잠길 때마다 상실喪失의 슬픔에 문을 잠그고 혼자 통곡도 해 보았다. 그러나 한 번 떠난 아내는 귀불귀歸不歸였다. 가슴으로 아픔이 꽉 차올라 눈물이 물줄기로 흘러내렸다.

이런 처지에서 도우미 석 여사의 출현은 상실의 슬픔과 고뇌에서 어느 정도 위안이 돼 주었다. 허나 월말이 돼서 김 박사는 다시 생각을 바꾸게 되었다. 자식들로부터 생활비를 받는 것도 부담이고 무위도식無爲徒食하면서 도우미의 월급까지 짐을 지운다는 것이 애비된 도리가 아니라는 생각이 들어 손수 취사를 하기로 하고 도우미 여사를 그만 두게 했다.

"괜찮아요. 짧은 기간이었지만 제가 과연 도움을 얼마나 드렸는지 모르겠네요."

"특히 좋은 말씀들을 들려주셔서 도움이 많았지요."

"선생님께서는 사모님과 사별한 지 얼마 되지 않아 상심이 크실 것 같아 저가 자청해 왔었습니다. 다른 곳에 좋은 조건으로 오라는 데가 있었지 만서두요. 그래서 상실감을 조금이라도 소멸시켜 드리고자 많은 얘기를 했던 거예요."

"그러셨군요, 감사합니다."

"네. 또 기회가 주어지면 연락해 주세요."

그렇게 해서 도우미 석 여사와 헤어진 지도 근 수 개월이 지난 어느 날의 오후였다.

C신문사 교양부의 후배 되는 나석진 기자가 노인 복지원의 생활 모습을 취재차 간다며 봉사활동 겸 한 번 같이 가지 않겠느냐고 연락이 왔다. 도우미 여사가 떠난 후로 줄창 낮이면 졸고 밤이면 불면의 밤에 시달리다가 외출이라도 한 번 해야겠다고 여기고 있을 때라 김박사는 두 말 않고 따라나섰다. 집으로 오겠다는 후배의 호의를 사양하고 교외로 나가는 버스터미널에서 만나 나 기

자의 차에 동승했다. 승용차로 경춘가도를 한참 달리다가 양수리를 지나 국수리에 좀 못미처 왼편으로 꺾어서 깊숙한 산골길을 꽤나 오래 달렸다. 길은 비록 협소했으나 포장길이라 그렇게 힘들이지 않고 찾아간 곳은 양지바른 산자락에 어느 단과대학의 캠퍼스만큼의 규모인 '은빛양지타운'이란 요양원에 들어섰다.

'은빛양지타운'의 내부는 매우 아늑하고 밝았다. 노인들이 실내나 복도에서 마음대로 오고 갔다. 요양보호사나 자원봉사자들도 그들 사이에 섞여 분주히 움직이고 있었지만 소곤거리는 말소리 외는 조용하고 따뜻한 분위기가 흐르고 있었다. 3백여 명의 입소자와 1백2십여 명의 요양보호사와 의사, 종사원 등이 한 가족으로 생활한다며 사무장이 요양원 곳곳을 안내하며 말했다.

동서남북으로 배치된 방들은 매梅, 난蘭, 송松, 죽竹의 이름을 붙여 송, 죽 실은 황혼 부부의 보금자리로, 매, 난 실은 노인병 증상에 따라 구분 배치해서 노인들의 요양과 노후생활을 할 수 있는 전문요양원이라는 데에 강조를 했다.

김시형 박사는 요양원 시설을 둘러보며 가만히 생각했다. 지금 사는 아파트에서 혼자 쓸쓸히 지내느니보다 차라리 이런 곳에 와서 여생을 보냈으면 하는 생각이 문득 들어서 물었다.

"입소조건은 어떤가요?"

"소형 아파트 한 채 정도 소유자라면 그것을 팔아 보증금으로 내면 부부 혹은 독신이 단독 방에 입주할 수 있고 평생 동안 침식은 물론 건강과 치료요양이 보장됩니다. 만약 5년 이상 살다가도 싫으시면 보증금 반환이 가능하고 사망 시까지 산다면 장례를 치룬 후는 자식들에게 7할의 보증금이 반환되지요. 선생님께서 의향이 있어 오신다면 환영하겠습니다."

"지금도 입주 가능한 방은 있소?"

"몇 개의 여유 있는 방도 있을 뿐만 아니라 찾는 분들이 계속 늘고 있어 보시다시피 저쪽에 신축공사 중에 있는 건물로 곧 완공 예정이구요."

그날 김 박사가 해가 지기 전까지 타운을 비교적 샅샅이 돌아본 후 3일간의 도우미로 배치받은 곳은 두 할머니가 한방을 쓰는 북 편 난실 17호 방이었다.

주로 치매나 중풍을 앓고 있는 환자들로 여든 명이 넘는 노인들은 무작정 배회하는 증상이 있거나 종일 몸을 뒤척이며 누워만 있는 환자들이었다. 그들의 가슴에는 이름표가 붙어 있었다. 그 중 송실 17호방의 주인공은 89세의 김옥분 할머니와 84세의 한비녀 할머니였다. 그들은 온돌방에 각기 요를 깔고 폭신한 캐시미언 이불을 덮고 있다가 김 박사가 들어가자 미동을 하며 눈으로 반겼다.

"모든 일은 요양보호사들이 다 해 드릴 거예요. 그저 선생님은 계시는 동안 노인들의 말벗만 돼드리면 됩니다."하는 사무장의 말을 되씹어 보며 두 할머니 곁으로 다가가서 첫인사를 했다.

"안녕하세요. 며칠간 함께 있을 도우미예요."

김 박사는 조용히 웃는 표정으로 두 할머니의 표정을 살폈다.

나이 많은 김옥분 노인이 먼저 손을 이불자락 밖으로 내밀며 말했다.

"내 손 좀 잡아 줘."

김 박사는 그녀의 손을 가만히 잡았다. 싸늘했다. 뼈만 앙상했다. 다시 또 하나의 그녀 손이 김 박사의 손에 겹쳐졌다. 김 박사의 손에 두 손을 겹친 김옥분 노인은 누웠던 허리를 꺾고 겨우 앉았다. 김 박사는 그런 그녀의 허리에 높은 베개를 받쳐주었다. 뻣뻣이 누워있던 노인은 희미한 눈빛과는 달리 미주알고주알 자신의 이야기를 흥얼거리기 시작했다.

"아들도 며느리도 딸도 하나 없어. 친손, 외손은 무척 많아. 그리고. 저 친구도….'

"거 봐, 또 저래. 언닌 왔다 갔다 한당께. 아들딸 손자며느리 증손까지 합치면 버스 한 대도 넘을걸. 하지만 그래 봤자야."

옆에 누웠던 한비녀 할머니의 빈정거림은 김 박사가 김옥분 할머니만 상대하고 있는 데 대한 불만의 표시였다.

친구의 빈정거림에 김옥분 할머니의 표정 없던 눈에선 눈물이 핑 돌았다.

"시끄럽다. 저쪽으로 가아!"

김 할머니가 노여움을 얼굴에 노출하자 한비녀 할머니가 힘없는 목소리로 되받으며 돌아눕는다.

"언닌 저래서 되게 보기도 싫당께."

김 박사는 한비녀 할머니께도 돌돌 말린 캐시미언 이불자락을 펴서 어깨를 감싸주며 베개를 바로 베도록 고쳐 주었다.

어느 사이 해가 기울어 어둠이 요양원을 덮어왔다. 산은 높고 골이 깊어 해가 그 어느 곳보다도 일찍 기울기 때문일 게다.

저녁 식사 시간이었다. 두 할머니에게 배식으로 제공된 것은 쌀에 당근과 감자와 노란 좁쌀이 동동 뜨는 걸쭉한 죽이었다. 억지로 두 사람을 가까이 앉혀 놓고 번갈아 가며 죽을 떠먹였다. 같이 나온 귤과 토마토 몇 쪽이 있었지만 노인은 그것을 싫어해서 먹다 남은 죽 그릇과 함께 고스란히 되돌아 나갔다. 두 할머니는 겨우 죽만 먹고도 물을 청했다. 컵에 물을 따라 주자 손도 떨고 입술도 떨면서 한 컵의 물을 겨우 다 마셨다. 그리고는 꼬꾸라지 듯 자리에 눕는다.

"끙, 아이구 허리야. 그래, 얼마나 있다 갈 건가?"

김옥분 할머니가 김시형 박사에게 반말로 물었다.

"며칠간 있다가요."

"그래, 내 아들과 손자, 손녀들이 내일 모레면 올 텐데…."

자기를 이렇게 요양원에 버린 자식들이지만 그들이 사무치게 그립고 보고픈 모양이었다.

"오면 뭘 해. 번개처럼 왔다 가버리는걸. 안온만 못하당께. 떼거리로 몰려왔다가 썰물같이 나가 뻐리고 나면 눈물만 안나오간! 언니 저 눈꺼풀 좀 봐. 다 물러 짓이겨졌지 않구."

"할머니 자식들은 잘 하셔요?"

김 박사가 한비녀 할머니께 말을 걸었다.

"내라고 다를 게 무시기 있간디. 자식 장가 보내고, 딸 시집 보내면 제 서방 제 계집 위하고 제 새끼 기르기에 정신없지. 어디 늙은 부모 짐 아니라 여기는 자식 봤어라."

한비녀 할머니의 입가에는 끈적한 풀 같은 침이 나돌았다. 김 박사가 그녀의 입에다 보리차 물을 한 숟가락 떠 넣고 입가를 닦아 주자 그녀도 눈물을 쏟았다.

이미 방 안은 소등이 되어 희미한 전등 불빛 아래 두 할머니는 무슨 심기가 틀어졌는지 이불을 감고 서로 돌아 누웠다. 금시 방 안은 시간이 멈춘 듯이 조용한 적막이 흘렀다.

김 박사는 두 노인이 거처하는 같은 방 안 모퉁이에 놓인 하얀 침대로 가서 누웠다. 김 박사도 아내와 사별한 후 오늘 밤과 같은 침묵에 잠긴 시간 속을 무수히 헤맸었다. 며느리 자식들의 발걸음이 열흘만에서 한 달로, 한 달에서 계절로 간격이 뜨면서 전화마저도 잘해 주지 않아 자식에 대한 원망과 속 끓임으로. 비감에 잠긴 적이 한 두 번이 아니었다. 오늘 밤 두 할머니의 모습을 보면서 자신의 늙음을 새삼 발견해 보았다.

이들처럼 자신도 결국엔 삶의 결승점에 다다르게 될 것이고 세월이란 시간이 어깨를 누를 때 그 어떤 힘으로도 저항할 수 없는 한계점, 그것의 현주소를 그 어떤 이도 지켜봐 주지 않는, 혼자만이 서 있는 황혼의 들녘이 아닐까. 그래서 인생은 결국 혼자이고 혼자 떠나는 것일 거라고 김 박사는 체념하려 했지만 뭔지 모를 울화가 갑자기 가슴을 치밀기 시작하는 것이었다. 그 울화는 자신을 황량한 벌판에 내다 버린 자식들에 대한 원망이기도 하고, 나이 많은 죄 밖에 없는 두 할머니들에게 소리 없이 다가서는 주검에의 허무감이라 할까. 이런저런 것들이 노을 깃든 인생의 황혼 속에 깃발처럼 흔들거리며 김 박사의 시야를 자꾸만 덮어왔다. '나도 저 두 노인과 뭣이 다르랴!'

얼마 남지 않은 자신의 삶을 절감하며 희미한 전등 불빛 아래서 몸을 뒤적였다.

잠을 청했다. 여전히 잡생각에 머리만 어지러울 뿐 통 잠이 오지 않았다. 그때 밤새의 울음소리가 들렸다.

"후이 후이. 쪽조골 쪽조골."

김 박사는 더 이상 누워있을 수가 없었다. 가만히 일어나 밤새 소리가 들려오는 창 쪽으로 다가갔다. 창문으로는 아내가 늘 바라보던 별들이 밤하늘을 수놓고 있었다. 무거운 적막 속에 밤새의 울음소리만 들릴 뿐 그 모습은 보이지 않았다. 김 박사는 한참을 그렇게 별을 바라보며 서 있다가 돌아섰다. 두 노인 중 한 사람이 보이지 않았다. 그래서 자세히 보니 초저녁까지만 해도 서로 토라져 돌아누웠던 두 할머니들이 어느 사이 한 이불 밑에서 서로가 부부처럼 꼭 껴안은 채 자고 있었다. 역시 자식들이 혈육이고 가족이라고는 하나 영원한 동반자는 되지 못했다. 기이한 인연으로 한 방에 같이 입실한 운명의 두 여인이야말로 자식보다 나은 마지막까지 함께하는 동반자요, 영원한 친구일지도 모를 일이었다.

죽음의 문턱에 다가선 노인들일수록 자식과 손자들이 보고 싶고 그리워 몸부림치며 기다리지만 자식들은 와 주지 않는다. 그래서 지치다 못해 "왜 내가 이러구까지 살아야 하나." 하고 진작 죽었어야 하는데 하고 죽지 못하는 한탄을 한숨으로 토해내며 숨을 헐떡이는 것이다. 어찌 죽음인들 살아있는 자의 편의대로 될 것이던가.

김 박사는 그날 밤 내내 잠을 설치다가 새벽에야 겨우 눈을 좀 붙이고 깨어 보니 침묵들로만 꽉 채워졌던 방 안에는 갑자기 수선스러움으로 날이 밝고 있었다.

"무엇 때문이지요?"

"김옥분 할머니가 위독해서요."

뒤집어썼던 이불이 걷히자 두 할머니의 모습은 각각 달라 있었다. 옥분 할머니의 얼굴은 핏기없이 그저 가늘게 숨을 몰아쉬고 있었고, 그런 상황에도 아랑곳하지 않고 한비녀 할머니는 그녀를 껴안은 팔을 풀어주지 않는다.

"할머니 놓으세요. 응급실에 가야 해요. 치료를 하고 와야죠. 얼른 이 팔을 놓으세요!"

"안 돼. 나 혼자 어떻게 있으라고 그래. 안 된다 안 돼!"

한비녀 할머니는 김옥분 할머니를 꼭 껴안은 채 막무가내로 떼를 쓴다. 할 수 없이 의사와 보호사들은 강제로 한비녀 할머니를 떼어 놓고 김옥분 할머니를 응급실로 데려갔다.

한동안 수선스런 시간이 지나가고 한비녀 할머니만 남은 방에 아침 식사가 운반되었다. 요양보호사가 노란 턱받이를 해 드리니 마치 아이 같은 차림이다. 평소도 기력이 쇠한 데다가 막무가내로 떼를 쓴 후라 한비녀 할머니는 흐물어질 듯한 몸을 김 박사의 도움을 받아 겨우 허리만 꺾어 앉는다. 아침 식단은 밥과 미역국, 다진 산채, 계란찜, 콩자반. 요양보호사가 국물부터 한술 떠서 입에 넣어주고 밥숟갈을 가져가자 고개를 살래살래 흔들었다.

"언니 데려와! 같이 묵게스름. 응."

"식사하고 계시면 치료받고 올 거예요."

한비녀 할머니는 김 박사에게로 고개를 돌려 풀어진 눈빛으로 쳐다본다. 정말 그렇게 할 것인가를 묻는 눈빛이다.

"먼저 식사나 드세요. 그리고서 기다리셔야지요."

이번에는 요양보호사가 밥을 국에 적셔 입에다 넣었다. 그것을 마지못해 받아 입에 담은 뒤 한참을 우물거리다가 삼켰다. 그러는 동안 건물 창마다 깊게 번져든 아침 햇살이 방 안을 환하게 해 주었다. 아침 식사를 대강 끝낸 한비녀 할머니는 다시 꼬꾸라지듯 자리에 누웠다. 김박사는 한비녀 할머니를 요 위에 바로 뉘고 카시미른 이불을 덮어 주며 몇 번 토닥거려 주며 말했다.

"잠시 바깥에 나갔다가 올 테니 푹 쉬세요."

그녀는 풀어진 눈빛으로 고개만 약간 움직이는 것으로 답할 뿐이었다.

김 박사는 황혼 부부들만이 생활한다는 동관의 긴 복도를 들어섰을 때 마주친 여자 한 분이 있었다. 수개월 전 김 박사 집에 도우미로 와 주었던 석나미 여사였다.

"아니, 김 박사님 아니세요?"

"석 여사도 여길 어인 일로…?"

뜻밖의 장소에서 만난 두 사람은 우선 휴게실로 갔다. 커피 한 잔씩을 앞에 놓고 그동안의 안부를 물었다.

"우연의 일치세요. 둘 다 봉사활동으로 왔으니 말예요."

"그렇군요. 하지만 저는 처음입니다. 봉사활동은 명분뿐이고 노인요양시설을 둘러 보고자 왔거던요."

"그러세요? 이 양지타운의 동관 송1실에서 35호실까지는 김박사처럼 독신이나 황혼 부부들이 입소해 있는데 참으로 행복하게 사시더라구요. 의료시설이나 문화시설이 잘 갖추어져 있고, 취미나 오락, 운동 등 다양한 활동은 물론 동년배들끼리 동락할 수 있으니 얼마나 즐겁게 지내는지 몰라요. 김 박사님처럼 외로우신

분들에게는 안성맞춤인 곳이 아닌가 싶어요."

"그런가요? 헌데 전에 제 집에 도우미로 오셨을 때 1주일에 하루씩 나오시지 않은 날은 여기 나오시느라 그러셨던가요?"

"여기에 간혹 나오기도 했지만, 대부분이 여러 직장이나 단체에 나가 얘기를 해 주느라 그랬지요. 특히 여기서는 삶의 결승선에 이르러 고민하는 사람들에게 편안한 죽음을 맞이하도록 호스피스 역할을 했지요. 지금도 그렇고요."

"아, 그랬었군요."

"그저 평범한 사람들의 삶의 이야기를 저가 평소 공부했던 대로 했던 거예요. 죽음이란 어느 누구에게나 공포와 두려움의 대상 아니겠어요? 그래서 늙음과 죽음의 공포에서 벗어나 그것들을 자연스럽게 맞이하도록 노력해 보는 게지요."

김 박사는 석나미 여사를 다시 한번 우러러보며 '아, 역시 그랬구나' 하고 그녀의 지성적인 면에 속으로 새삼 감탄했다.

그때 영안실 쪽에서 갑자기 곡소리가 나고 대식당 안에서는 사람들이 와자했다.

두 사람은 동관 2층 휴게실에서 영안실과 대식당을 내려 보며 마주 앉았다.

석 여사가 말했다.

"이미 예고된 죽음이지만 기어코 떠나셨네요. 김옥분 할머니 말예요."

"그래요? 하룻밤 사이를 두고 생生과 사死가 구분 지워지게 되는군요."

"보세요. 영안실과 저 넓은 식당 안을 메운 김옥분 할머니의 후예들. 저들의 들끓음은 고인에 대한 애도일까요? 아니면 소리 없이 내면에 감추어진 축제일까요?"

"…"

김시형 박사가 말을 잃고 있을 때 석나미 여사가 다시 말했다.

"부모가 자식에 갖는 애정은 저승에까지 가지고 가겠지만, 자식들은 달라요. 우리 세대나 그 이전의 세대를 그들은 까마득한 옛이야기로 여겨요. 한마디로 가족이란 개념은 핵가족으로만 이해하려 들거던요. 바로 저들도 '오래 산 죄' 밖에 없는 김옥분 할머니가 귀찮은 존재로 그의 시신을 화장해 한 줌의 재를 뿌림으로써 기억에서 지워버리게 될 거예요."

김시형 박사는 묵묵히 석나미 여사의 이야기를 들으며 한 인간이 삶의 결승점을 통과해 소리 없이 사라지는 마당에서 남은 자들의 애도인지 축제인지 모를 아우성 같은 소란함을 지켜보면서 자기도 모르게 몸을 떨었다.

혼자라는 외로움이 전신을 휘감아 왔기 때문이다. 안개가 끼지 않았는데도 시야가 뿌옇게 흐려져 왔다.

"그럼, 저는 또 약속된 시간이 있어 가보겠어요. 일이 끝나는 대로 다시 뵐게요."

"네, 그럼⋯."

김시형 박사는 석나미 여사가 종종걸음으로 걸어가는 뒷모습을 바라보며 의자에 비스듬히 몸을 기댔다. 얼마나 시간이 흘렀을까? 서쪽 능선으로 해너미가 시작되고 있었다. 아울러 풍성한 저녁놀이 휴게실 난관에 앉은 김시형 박사의 온몸을 휘감아 왔다. 무지갯빛 저녁놀은 참으로 장엄하면서도 화려했다. 그러나 그 놀은 김시형 박사의 남은 인생에 아득한 외로움의 잔해들로 흔들거렸다.

순간의 선택이…

옥당 선생은 모처럼, 서너 평 남짓한 대지 위에 세워진 팔각정 안 의자에 앉아 있다. 이 앙증스런 정자는 기억도 삼삼한 제자 한 사람이 이곳 전원주택으로 이사 오던 다음, 다음 해에 지게차로 통째 실어다 놓은 정자다. 연못가에 세워졌으니 물 있고 정자 있어 격에 어울린다.

유난히도 노란 은행잎이 가녀린 바람결에 소리 없이 쏟아진다. 전원주택의 고샅 밖에서 묻어오는 풀꽃의 향기도 코끝을 스쳐 간다.

옥당 선생은 팔십 고개를 넘어서면서 모래알처럼 흩어져가는 황량한 정신에 사로잡히는 경우도 있다. 그래서 언제나 이고 사는 하늘마저 간간히 잊기도 한다. 그는 가만히 고개를 들어 하늘을 올려다본다.

그리고는 깊은 사색에 잠긴다.

개울에서 연못 안으로 흘러내리는 물소리, 아침나절 풀잎 끝에 반짝이는 이슬, 푸른 별빛, 흐르는 구름, 낮에 나온 반달, 스쳐 가는 바람, 그리고 자기 앞을 스쳐 간 제자… 이 같은 것들을 보고 듣고 느끼며 자연에 묻혀 안식을 취하면서 기우는 인생을 스스로 위안하며 여생을 보내고 있다. 그런 그가 스스로 안식의 자리로 삼은 정자를 '청운대淸雲臺'라 이름 지어 맑은 구름 머물다 가는 정자에서 어깨 누르는 세월과 동락해 왔다.

"여보, 전화 왔어요!"

아내가 핸드폰을 들고 달려오며 큰 소리로 말했다.

옥당 선생은 감았던 눈을 뜨고 아내를 바라보았다. 가까이 다가오는 아내의 머리카락도 백발 되어 소슬한 가을바람에 귀밑머리가 살랑거렸다.

"누구신고?"

"글쎄요. 제자라고만 하는데 받아보세요."

옥당 선생은 전화기를 건네받았다.

"여보세요. 아, 그래요? 언제라도… 다음 토요일, 그럼 그날 만나요."

일주일이 지난 토요일이었다.

옥당 선생은 제자들이 오겠다는 날 아침 식사를 끝내자 아내가 주방 설거지를 하는 동안 집 주변을 청소한 후 팔각정 의자에 나가 앉았다.

그때 아내가 끓인 오갈피차를 들고나와 팔각정에서 남편 옥당 선생과 마주 보고 앉아 차를 마신다. 차를 마시면서 우거진 가로 수가 터널을 이룬 진입로를 내려다보았다.

* * *

"이제야 다들 오는군."

승용차를 타고 온 그들은 금시 줄지어 들이닥쳐서는 주차장을 가득 채웠다. 차에서 내린 제자들은 남녀 반반으로 모두 합쳐 스무 명이었다.

모두가 서울청사 국민학교(지금초등하교) 6학년 6반에서 옥당 선생의 가르침을 받은 제자들이라 했다.

그들은 옥당 선생 내외분께 차례차례 자기소개를 하며 허리 꺾어 인사를 했다. 하지만 옥당 선생에겐 그들에 대한 기억은 이름도, 모습도, 아물아물해 기억 저편에서 맴돌 뿐이었다. 그렇다. 그들 말대로라면 졸업시킨 후로 40년을 넘겼으니 그들도 환갑을 바라보는 나이요, 옥당 선생 역시 미수米壽가 내일모레인지라 그럴 수밖에 없었다.

"하여간 이렇게 잊지 않고 찾아 주셔서 고맙소" 하는 옥당 선생의 인사 말씀이 끝나기가 무섭게 어느 한 제자가 큰 소리로 말했다.

"선생님, 말씀 낮추세요. 예부터 스승은 아버지와 같다고 했습니다."

"하하하 그 말씀 듣기는 좋소만, 좀 전에 받은 명함들을 잘 살펴보았더니 중앙 부처의 중진 간부에다, 검사, 판사는 물론 현역 국회의원에다, 대기업 이사, 중소기업 사장 등 기라성 같은 여러 분이 아닌가! 이를 일러 청출어람靑出於藍이라 하지 않겠소. 제자가 스승보다 나은, 명망 높은 인사들이 되었거늘 함부로 말씀 낮추어서야 되겠소. 하하하."

옥당 선생은 박장대소하며 흐뭇함을 감추지 못했다.

"자, 다들 회식 자리로 갑시다. 점심때도 되었군."

뜰 마당 잔디밭에는 이미 아내가 준비해 놓은 술과 음식이 이들을 기다리고 있었다.

건배사가 있고 술과 음식으로 가든파티가 한창 무르익을 무렵 국교시절 6반의 반장이었던 장 장군(이름 그대로 별 두 개를 단 장군임)이 일어서더니 말했다.

"저희들 스무 명은 오늘이 있기까지 국교 6학년 때의 가르침과 아름다운 추억을 이렇게 잊지 않고 감사하고 또 감사를 드립니다."

그 말을 듣고 옥당 선생 내외는 고개를 깊숙이 숙였다.

"그리고 더더욱 고마운 말씀은 그 시절 같은 반의 동기들 중

우리 스무 명을 '중매'해 주셔서 결혼까지 하였고, 오늘 이렇게 같이 왔습니다."

'중매'라는 말에 옥당 선생 내외분은 갑자기 고개를 갸우뚱하며 눈을 깜빡거렸다. 그게 무슨 말이냐 싶어서다.

"선생님, '순간의 선택이 백 년의 친구다'는 말씀 기억 안 나십니까?"

그제야 장 장군의 말에서 아슴아슴 떠오르는 기억을 더듬었다.

* * *

6학년 6반의 담임이 된 첫날 옥당 선생은 다른 반과 마찬가지로 남녀별 따로 좌석을 배정했다. 남자는 남자, 여자는 여자끼리 짝을 지어 한 책상에 둘씩 앉게 했다.

사흘이 지난날 옥당 선생이 말했다.

"이번 주 토요일에는 남녀가 짝을 지어 한 책상에 같이 앉게 했으면 한다."

그 말과 동시에 "우 와— 안돼요!" 하는 소리가 나오는가 하면 히득거리며 웃는 남자아이, 낯을 붉히고 고개를 숙이는 여자아이 등으로 희비가 엇갈리는 듯했다.

"아직 일주일간이나 남았으니 잘 생각 보고 하자."

토요일이 왔다.

"어떻게 할까?"

선생님의 물음에 아무도 말하지 않았다.

"그럼 찬성, 반대를 무기명으로 써내라."

결과는 90명 전원의 찬성이었다. 그러나 옥당 선생은 속으로 가만히 웃으며 역으로 말했다.

"모두가 반대로군."

아이들은 하나 같이 눈을 휘둥그레 뜨고는 서로의 얼굴을 쳐 다본다.

그때 반장이던 장 장군이 말했다.

"저는 찬성이라 써냈는데요?"

반장의 말에 옆에 있던 영수가 "저도요." 했고, 덩달아 여기저 기서 "저도요." 하며 손을 들어 흔들었다. 결국은 모두의 찬성으 로 결국 남녀학생이 같은 책상에 짝지어 않는 게 좋다는 것이었 다.

녀석들은 다 같은 열두 살의 나이에 살짝 사춘기의 문전에 와 있었다.

이성에 대한 관심이 시작되는 시기였다. 그것을 겉으로 표현 못 할 뿐이었다.

옥당 선생은 그런 사실을 알면서도, 그러거나 말거나 딴청을 부렸다.

"내가 잘못 봤나? 찬성 반대, 반대 찬성, 그 참 헷갈리네. 아무튼 이번 주는 틀렸고, 내주 토요일에 가서 보자. 대신 내주 한 주일 동안 다음 세 가지를 반드시 지켜 주면 여러분 요구대로 하겠다. 첫째 공부시간에 바른 자세로 앉기. 둘째로 숙제 꼭 해오기. 셋째 남에게 폐 안 끼치기. 이 세 가지를 여러분 중에 단 한 사람이라도 지키지 않으면 여러분 요구사항은 물 건너간다. 이상!"

"우우 와아…! 휴−"

다음 주 월요일. 교직원회를 마치고 교실에 들어선 옥당 선생은 속으로 놀랐다. 교실 안은 조용했고 차분했다. 다른 반과는 그 분위기가 달랐다. '그래, 얼마나 가나 보자.'

한주를 보낸 토요일, 마지막 수업시간이 끝났다. 아이들은 그 세 가지 약속을 잘 지켜 주었다. '녀석들, 참 순진하고 착하군.' 혼자 중얼거렸다.

"여러분이 약속을 잘 지켰으니 요구를 들어주겠다. 책가방은 메고 책걸상은 한편으로 밀어 놓아라. 그리고 남자는 나의 오른편에, 여자는 왼편에 서라!"

"응, 잘 하네. 됐다. 내 말 잘 들어라. 하나에서 시작해 다섯 하면 자기와 같이 앉고 싶은 짝의 손을 잡으면 된다. 다섯을 말하기 전에 뛰어나가면 반칙이라 무효다, 알았나!"

"예에−!"

"시작한다. 하나−, 두울−, 세에−엣, 네 엣. 야, 필용 너 어디까지 나온 거냐? 제 자리로 돌아가 서!"

필용이는 머쓱해 머리를 쓱 한 번 긁고 제자리로 돌아가 선다.

"어, 어디까지 세었나?"

"넷 까지요. 다섯 셀 차례예요."

"그래, 네엣까지 세었겠다. 흠흠흠, 넷 바안−"

하고 옥당 선생이 숨을 돌리는 사이 벌써 아이들은 뛰었고, 남자 여자가 서로 손을 잡은 아이도 있었다.

"그만 그만. 아직 다섯은 세지 않았어. 넷 반이이야."

"우우 아아 에에에! 그런 게 어디 있어요!"

"여기 있다. 어쨌던 다섯은 아직 부르지 않았어. 제자리에 모두가 서라!"

아이들은 다시 제자리로 돌아가 섰다.

"이번에 부르는 숫자는 분명히 다섯이다. 다섯 하면 '순간의 선택은 백 년의 친구다'라는 생각으로 손을 잡아라! 알았나?"

"네에−"

"그럼, 준비."

옥당 선생은 잠시 뜸을 들이다가 큰 소리로 말했다.

"다섯!"

그와 함께 함성이 터졌다.

"순간의 선택이 백 년의 친구다!"

이로써 '남녀 7세 부동석'은 남녀 12세에 동석을 함으로써 유교적 윤리, 도덕의 변화를 가져온 셈이라면 지나친 속단일까?

그런 일이 있은 그해의 한 해도 번개처럼 지나갔다. 아이들은 담임과의 약속을 잘 지켰고, 모범 학급이라는 학교장의 표창도 받았다. 드디어 다음 해 2월 졸업식이 있던 날 "서언새앵님 저희─들은 무울러갑니다… 내앳물이 바아다에서 서어로 마안나듯…" 그쯤 해서 눈물방울을 떨어뜨리는 아이들도 더러 있었다.

어찌 됐던 이런 교단의 일화는 옥당 선생의 희미한 기억으로나마 남아 있었다.

* * *

옥당 선생이 장 장군의 말대로 40년 전 기억의 회상에서 돌아왔을 때 그는 절로 고개를 끄덕였다. '순간의 선택이 백 년의 친구'로 만든 인연이 오늘 여기 있는 열 쌍의 부부가 되게 '중매' 역할을 했다니 있을 수 있는 일이라 생각했다.

회식을 위한 잔디밭의 가든파티 장은 오늘따라 따사로운 햇살과 함께 살랑거리며 지나는 가을바람은 한두 개 가랑잎을 뿌려주고 갔다.

이 모임의 총무라는 하진경이 '선생님, 선생님 우리 선생님'이란 스스로 작사 작곡한 노래를 불렀다. 그 노래가 끝났을 때 '우우 와와와 선생님 선생님 우리 선생님' 복창하는 제자들의 목소

리는 어깨너머로 보이는 수정산 산허리까지 갔다가 메아리 되어
돌아온다.

'순간의 선택이… 그래, 그것이 중요하지. 하고말고.'

옥당 선생은 혼자 중얼거렸다.

소멸하는 파도

초판 1쇄 인쇄 2025년 4월 24일
초판 1쇄 발행 2025년 4월 28일
저 자 조진태
발행인 박지연
발행처 도서출판 도화
등 록 2013년 11월 19일 제2013－000124호
주 소 서울시 송파구 중대로34길 9－3
전 화 02) 3012－1030
팩 스 02) 3012－1031
전자우편 dohwa1030@daum.net
인 쇄 유진보라
ISBN 979－11－92828－68－8 *03810
정가 15,000원

도화道化, fool는
고정적인 질서에 대한 익살맞은 비판자,
고정화된 사고의 틀을 해체한다는 뜻입니다.